副刊文丛

主编 李辉 王刘纯

花树下的旧时光

燕茈 著

中原出版传媒集团
中原传媒股份公司
大象出版社
·郑州·

图书在版编目(CIP)数据

花树下的旧时光 / 燕茈著. — 郑州：大象出版社，2019.6
(副刊文丛 / 李辉，王刘纯主编)
ISBN 978-7-5711-0194-7

Ⅰ. ①花… Ⅱ. ①燕… Ⅲ. ①散文集—中国—当代 Ⅳ. ①I267

中国版本图书馆 CIP 数据核字(2019)第 100941 号

花树下的旧时光
HUASHUXIA DE JIU SHIGUANG

燕 茈 著

出 版 人	王刘纯
项目统筹	李光洁　成　艳
责任编辑	成　艳
责任校对	安德华
封面设计	段　旭
内文设计	杜晓燕

出版发行	大象出版社（郑州市郑东新区祥盛街 27 号　邮政编码 450016）
	发行科　0371-63863551　总编室　0371-65597936
网　　址	www.daxiang.cn
印　　刷	北京汇林印务有限公司
经　　销	各地新华书店经销
开　　本	787mm×1092mm　1/32
印　　张	9.125
字　　数	120 千字
版　　次	2019 年 6 月第 1 版　2019 年 6 月第 1 次印刷
定　　价	39.00 元

若发现印、装质量问题，影响阅读，请与承印厂联系调换。
印厂地址　北京市大兴区黄村镇南六环磁各庄立交桥南 200 米(中轴路东侧)
邮政编码　102600　　　　　电话　010-61264834

"副刊文丛"总序

李 辉

设想编一套"副刊文丛"的念头由来已久。

中文报纸副刊历史可谓悠久,迄今已有百年。副刊为中文报纸的一大特色。自近代中国报纸诞生之后,几乎所有报纸都有不同类型、不同风格的副刊。在出版业尚不发达之际,精彩纷呈的副刊版面,几乎成为作者与读者之间最为便利的交流平台。百年间,副刊上发表过多少重要作品,培养过多少作家,若要认真统计,颇为不易。

"五四新文学"兴起，报纸副刊一时间成为重要作家与重要作品率先亮相的舞台，从鲁迅的小说《阿Q正传》、郭沫若的诗歌《女神》，到巴金的小说《家》等均是在北京、上海的报纸副刊上发表，从而产生广泛影响的。随着各类出版社雨后春笋般出现，杂志、书籍与报纸副刊渐次形成三足鼎立的局面，但是，不同区域或大小城市，都有不同类型的报纸副刊，因而形成不同层面的读者群，在与读者建立直接和广泛的联系方面，多年来报纸副刊一直占据优势。近些年，随着电视、网络等新兴媒体的崛起，报纸副刊的优势以及影响力开始减弱，长期以来副刊作为阵地培养作家的方式，也随之隐退，风光不再。

尽管如此，就报纸而言，副刊依旧具有稳定性，所刊文章更注重深度而非时效性。在新闻爆炸性滚动播出的当下，报纸的所谓新闻效应早已滞后，无法与昔日同日而语。在我看来，唯有副刊之类的版面，侧重于独家深度文章，侧重于作者不同角度的发现，才能与其他媒体相抗衡。或者说，只有副刊版面发表的不太注重新闻时效的文章，才足以让读者静下心，选择合适时间品茗细读，与之达到心领神会的交融。这或许才是一份报纸在新闻之外能够带给读者的最佳阅读体验。

1982年自复旦大学毕业，我进入报社，先是编辑《北京晚报》副刊《五色土》，后是编辑《人民日报》副刊《大地》，长达三十四年的光阴，几乎都是在编辑副刊。除了编辑副刊，我还在《中国青年报》《新民晚报》《南方周末》等的副刊上，开设了多年个人专栏。副刊与我，可谓不离不弃。编辑副刊三十余年，有幸与不少前辈文人交往，而他们中间的不少人，都曾编辑过副刊，如夏衍、沈从文、萧乾、刘北汜、吴祖光、郁风、柯灵、黄裳、袁鹰、姜德明等。在不同时期的这些前辈编辑那里，我感受着百年之间中国报纸副刊的斑斓景象与编辑情怀。

行将退休，编辑一套"副刊文丛"的想法愈加强烈。尽管面临新媒体的挑战，不少报纸副刊如今仍以其稳定性、原创性、丰富性等特点，坚守着文化品位和文化传承。一大批副刊编辑，不急不躁，沉着坚韧，以各自的才华和眼光，既编辑好不同精品专栏，又笔耕不辍，佳作迭出。鉴于此，我觉得有必要将中国各地报纸副刊的作品，以不同编辑方式予以整合，集中呈现，使纸媒副刊作品，在与新媒体的博弈中，以出版物的形式，留存历史，留存文化，便于日后人们借这套丛书领略中文报纸副刊（包括海外）曾经拥有过的丰富景象。

"副刊文丛"设想以两种类型出版，每年大约出版二十种。

第一类：精品栏目荟萃。约请各地中文报纸副刊，挑选精品专栏若干编选，涵盖文化、人物、历史、美术、收藏等领域。

第二类：个人作品精选。副刊编辑、在副刊开设个人专栏的作者，人才济济，各有专长，可从中挑选若干，编辑个人作品集。

初步计划先从20世纪80年代开始编选，然后，再往前延伸，直到"五四新文学"时期。如能坚持多年，相信能大致呈现中国报纸副刊的重要成果。

将这一想法与大象出版社社长王刘纯兄沟通，得到王兄的大力支持。如此大规模的一套"副刊文丛"，只有得到大象出版社各位同人的鼎力相助，构想才有一个落地的坚实平台。与大象出版社合作二十年，友情笃深，感谢历届社长和编辑们对我的支持，一直感觉自己仿佛早已是他们中间的一员。

在开始编选"副刊文丛"过程中，得到不少前辈与友人的支持。感谢王刘纯兄应允与我一起担任丛书主编,感谢袁鹰、姜德明两位副刊前辈同意出任"副刊文丛"的顾问,感谢姜德明先生为我编选的《副刊面面观》一书写序……

特别感谢所有来自海内外参与这套丛书的作者与朋友,没有你们的大力支持,构想不可能落地。

期待"副刊文丛"能够得到副刊编辑和读者的认可。期待更多朋友参与其中。期待"副刊文丛"能够坚持下去,真正成为一套文化积累的丛书,延续中文报纸副刊的历史脉络。

我们一起共同努力吧!

2016年7月10日,写于北京酷热中

目 录

序　　　　　　　　　　　　　陈　雪　1

童年无邪

花树下的老屋　　　　　　　　　　3
记忆中的唱书人　　　　　　　　　10
蜻蜓　　　　　　　　　　　　　　16
麦芽糖　　　　　　　　　　　　　20
河里流淌的小时光　　　　　　　　25
放牛娃　　　　　　　　　　　　　31
我曾有过一瓣莲　　　　　　　　　38
兰花草　　　　　　　　　　　　　42

你不曾告别也不曾远离	49
秋	53
同学仔	57
追月光的女孩	66
投墟	70
忆冬	77

岁月风铃

有女归去来	87
故乡祠堂：福分福分，是要分的	94
茶滋味	102
一个人散步	109
土里土气的爱	114
夏雨	120
门前那条小河	124

母亲 128

永远的乡愁 135

正在消失的村庄 140

祖母的山 144

猫样年华 152

静观山水

佛是过来人

——寻访南华寺 161

福建初溪土楼群，我似故人款款来 168

龙德寺：修行就是修自己 177

悬棺 185

夜游周庄 193

找寻一棵树 198

晒秋人家 202

阅读心情

妙玉,一个人的地老天荒 　　211

宝钗,不被理解的人最可悲 　　216

被侮辱的情与爱 　　225

自讨苦吃是较劲 　　230

既然情深,何惧缘浅? 　　236

只有用心才能看得清楚 　　242

那些付出过时光的爱

　　——《小王子》读后感 　　246

隐藏在《汉广》中的单相思 　　252

何物最相思? 　　256

后记 　　260

序

陈 雪

对于散文,对于散文阅读,我是个挑剔的阅读者。

如此说并非标榜自己的散文写得有多好,掌握了多少散文创作技巧,而仅仅是恪守住一条自以为是的评判准则:一本书,一篇文章,不管言辞如何华丽,结构如何缜密,若内容空洞,人云亦云地拼凑成篇,哪怕是满文华彩也难以让我下咽。倒是那些文字质朴,带着泥土味的故事,即使是有些拙朴和稚嫩,只要它流淌出"真诚"两字,也容易打动我。

《花树下的旧时光》是冯燕花(笔名燕苉)近年创作的散文的结集。我不知道花树下在哪里,但我推测这个偏僻的客家山村,一定留下了作者许许多多的童年记忆和欢乐时光。故在"岁月风铃"和"童年无邪"的栏目中,我看到了好些弥散着泥土芬芳的真情文字。《祖母的山》写的是清明回到故乡扫墓的情景,这引发了作者许多儿时的回忆。比如坐在酷似"灶台"的坟墓上,作者想起了祖母的葬礼,想起了"点主""买水""还山"等独特的称谓和习俗。祖母是大山的女儿,祖母又是后辈的靠山。大山养育了一代代人,又收留了一代代人。作者想到祖母已与大山融为一体时,竟如此感慨:"多少疼爱与被疼爱,多少眷恋与被眷恋,都抵不过生命的无奈与苍凉。若干年后,我们都会尘归尘、土归土,你一堆、我一堆;喜也好,愁也罢,都随风飘散。……我不知道将来我会在哪一座山上,有没有人在我的'灶台'前怀念我。"这段话于年轻的作者而言显然为时过早,但那种参悟人世间生老病死自然规律而蹦出来的突发奇想,已经跨越了思念和缅怀的时空。在冥钱燃烧的袅袅轻烟中,作者感受到了祖母对大山的灵魂寄托。《有女归去来》写的是村姑出嫁后回娘家时邻里见面的称谓突然改变。"回"和"来"的含义既是那样的微妙,区别又是如此之大,无怪乎作者会写下:"多少与我一样的小女孩,在这里长成姑娘,又嫁到了村外,多少次归家被邻里问'来了?'她们也曾和我一样感到无奈和失落吗?"无奈也好,失落也罢,家和娘家就是两个不同的概念,邻里们对"回"和"来"两个字的理解和运用半点也不含糊。

《正在消失的村庄》写的是当今我们共同面临的普遍问题。随着农村城市化和新农村建设的推进,多少老房子在隆隆的机器声中被夷为平地。这种拆迁常常让在农村长大的人生出许多无奈和惋惜。正如作者说的："老屋，晒谷场，牛栏，鸡舍，草屋……一铲平，将来变成美丽的操场和花园。公园里种植了花草，铺设了鹅卵石小道，还有休闲长廊、石桌石凳等，让村里人都享受城里人的待遇。"作者说不出哪里不好，却看见家公与村委干部讲了很久的电话，脸上带着愁容和伤感，"我说不出安慰的话，只有跟着伤感起来"。是的，刚刚修好的祖屋凝聚着父辈的一腔心血和深厚情结，如今说拆就拆了，那个永远消失的祖屋，那个渐行渐远的村庄，何尝不是让人惋惜和心痛的另类乡愁？

《茶滋味》寥寥数笔，不单单写出了客家人采茶、炒茶的全过程，还把客家人的方言土语演绎其中。"酒头茶尾"之说体现了客家人热情好客的淳朴民风，而"酒满茶半"更表达出客家人敬客挽客的规矩礼数。在"童年无邪"这一栏目里，《记忆中的唱书人》给我留下了深刻的印象。一个叫创求爷的老人用一个口口相传的民间故事，吸引了村中如此之多的男女老少。

"他就从布袋里掏出一本破旧的书,依旧是那本《万日红》,没有封面,纸已泛黄,用蓝色布包裹着。他用唱客家山歌的调调唱出了书的内容。"无论书中的万日红多么孝顺、受多大的委屈,在作者看来,好人终归得有好报。直到创求爷编了一个圆满的大结局,才让作者感到万日红大腿上的肉没有白割。这个想当然的结局让人看到了童心无邪,也看到了人世间的希望。可以说创求爷的故事成了作者的一次文学启蒙。《投墟》中的火婆婆无疑是作者难忘的形象。"老街有个'火婆婆',受到惊吓的时候,母亲曾不止一次带我去'火婆婆'那儿。'火婆婆'搓一根艾绳,用火柴点燃其中一端,火苗刚刚蹿起,她张口就吹灭,然后和母亲'同流合污'把我按在凳子上,用还有火星已经焦黑的艾绳烫我的脖子、耳朵、额头……一边烫一边重新点燃艾条,明明灭灭的艾条在我的哀号中发出草香味"。这段文字生动地记叙了乡土医生的"治疗"过程。不管它是否有效,大凡在农村中长大的孩子多少都亲历过这样的土法"治疗"。

  在"阅读心情"和"静观山水"这两个栏目中，也不乏作者的真情文字。一篇读书随笔的高下优劣，别人怎么看我不清楚，我的观点只有一个：亮出你的底牌。评判也好，解读也罢，褒也行，贬亦可，总得有你的见解，即便是观点有些偏激，甚至带些歪理，但歪理也须说白说透。在《被侮辱的情与爱》里，作者显然寄予贾瑞以极大的同情。作者认为喜欢一个人是他的权利，世界上并没有规定谁不准喜欢谁。当然一个人拒绝一个人的爱也是她的权利。俗话说一个巴掌拍不响，爱情也好，友情也罢，都是双方的。单相思的情与爱只能深埋在心底。"一个压根就没有得到过一丝爱的人，被羞辱得遍体鳞伤。有人说他咎由自取，我实在不敢苟同。如果爱情是一种劫难，那么凤姐就是贾瑞的生死劫，而他，在劫难逃！"作者的观点再明确不过了，那是质疑凤姐可以不爱贾瑞，拒绝贾瑞，但不要去捉弄，更不要去诱惑甚至加害贾瑞。

贾瑞已经够可怜的了，他是如此敦厚，又是那样固执和痴情。贾瑞对凤姐仅仅是示爱，他并未对凤姐构成任何伤害，干吗要让他吃那么多的苦头，身心都遭到摧残呢？无独有偶，涉及情感题材的另一篇随笔还是来自《红楼梦》的读后感。《妙玉，一个人的地老天荒》说的就是妙玉对宝玉的一丝隐情。而妙玉和黛玉之间微妙的醋劲，也只有女人才能看得透彻和掂出分量，以至于让作者发出这样的议论："纵然妙玉是孤傲的、古怪的，甚至是不近人情的，我依旧很心疼她，在那样如花似玉的年华里这样无助、无望地爱着一个人……我是多么期盼妙玉也过上正常人的生活，有权利选择有权利爱，而不是在各种压抑中让自己成了'僧不僧，俗不俗，女不女，男不男'的'畸人'。"

"静观山水"应该算是游记散文。在这个栏目里有去新丰江寻找一棵被水淹没的小树的过程。作者第一次寻树未果，决心再次前行，终于看到了这棵泡在水中的小树倔强地探出了头来："我静静地坐在岸边的石头上,往小树生长的地方张望。小树仍然专注地挺拔向上,似乎习惯了冰凉湖水的冲刷。这实在是一棵让人肃然起敬的树。它在每一个涨潮的日子都期冀着退潮后的那一缕阳光,怀揣着耐心与希望、坚定与执着,直至涅槃重生。"这段议论给树赋予了鲜活而顽强的生命内涵,寓示着现实生活中的某种哲理,引人深思。另在充满神秘和玄妙的宗教世界里,作者既虔诚又困惑。她在《龙德寺:修行就是修自己》中不由得问自己也是在问别人:"一个信徒一种领悟,每个来求佛的人祈福的时候都在想什么?我们真的明白什么是福吗?如果每个人都求富贵、求权力,那么即使是在万佛楼,佛也会好孤独吧?"除此之外,《悬棺》《夜游周庄》等文章,也都写出了当地的自然风光和深厚的人文内涵。只是这类游记缺乏作者自己的独特视角,有些史料又没有完全吃透,没有转化成自己的深度思考,故也有些乏善可陈的章节段落。

当下的散文界,概念常新,门派迭出,如果按照评论家的界定，以上所述的大概属于"小女人散文"范畴。所谓的"小女人散文"无非是指一些年轻的或不太年轻的女作者以她们自身生活的所见所思写下的那小篇幅的散文随笔。如果按此解释，我感觉"小女人散文"并没有什么不好。冯燕花就按这样的路子写下去，把花树下的时光碎片一一捡拾，梳理成篇，说不定若干年后就形成了自己独特的风格和独有的精神领地。近年散文界又生出什么"在场主义"。我想"在场"该怎么理解，困惑中请教了当代散文界的诸位著名作家，回答是新概念而已！谁不是在场？想想也是，当下文坛就有个怪现象，养猪的没有杀猪的多，好散文没读到多少，而研究散文写什么，怎么写，新概念、新门派、新创意倒是层出不穷，搅得初学者不知所云，无门无派，无所适从。想起当年余秋雨的《文化苦旅》出来后，评论家们一下打出了"大散文""学者散文""文化大散文"等诸多名堂。暗自琢磨，那在此之前的散文是否都是"小散文""非学者散文"和"没有文化的散文"呢?这也是让人困惑费解的事。我今天想说的是,大散文也好,小散文也罢,大男人散文也好,小女子散文也罢,写自己最熟悉最感兴趣的东西总会有出彩的地方。即使没有别人写得好,但那是自己的独特感受和真情抒发。

期待作者写出花树下更多充满乡土气息的小女子散文。

是为序。

2018年6月13日写于惠州枫园书屋

童年无邪

花树下的老屋

我的故乡是一个小山村，虽然有点偏僻，可她有一个诗一样的名字——花树下。我一直很好奇，为什么叫花树下？问过许多老人，都说不知道，一直都是这么叫的。直到我听说：在很久很久以前，屋后的山上有一棵开花的树，树干很粗，枝丫缠缠绕绕、密密匝匝。粉红色的花盛放，没有叶子，多大的风都不会吹落一片花瓣。粉花会害羞，开花的时候不让人看见，人们只听见过花开的声音，在八月十五的夜里，像放鞭炮一样噼里啪啦的，第二天就全部开了，一直开到年三十晚，再噼里啪啦全部掉落。有一年中秋，有个年轻人好奇，半夜偷偷跑到后山去窥探花开，结果"啪"的一声，年轻人吓晕了。此后，再也没有人见过那棵树。这个故事让住在花树下的我对那树粉花充满了想象与向往，我想这一定是天底下最有个性的树了。

花树下有个老屋，我在那儿度过了难忘的童年岁月。老屋依山而居，傍水而建。门墙特别厚，红漆斑驳的厚重木门，轻轻一推，吱呀吱呀作响。门前有两根大大的石柱，门墩、阶梯和墙一样都是整块整块的麻石。老屋共二井三进六开，抬梁与穿斗混合式梁架结构，首进脊梁上全都刻龙画凤，色彩艳丽。

我最喜欢的是老屋墙上的画，有硕大的南瓜，有枝繁叶茂的藤蔓，还有闪着金色光芒的毛主席画像。下厅两边有两条小巷，通往其他的房间。巷门口上方用墨水各画一颗心，在心里面分别有一个字——"公"和"忠"。这便是我人生中认识最早的两个字，是那时候已经上学的邻居家的哥哥姐姐们教我的。

这个老屋是新花树下的老屋，不到十米处还有个老花树下的老屋。那个老屋和这个老屋是一样的格局，一样的建筑材料，一样的艳丽色彩。听说当时老屋的主人在老花树下住，觉得新花树下这块地依山傍水，坐北向南，风水挺好的，就再盖了一栋房子。有人问："盖那么多房子，给谁住啊？哪里来那么多人？"老屋主人说："没人，盖了看看也好。"结果人丁就不旺了，用乡下的话来说就是"没开到好口"，应验了。大人们就趁机教导我们，不要乱说话，老天听得见的。谁家的媳妇是个好人，很热心，经常赞美别人家的孩子，结果自己生下的孩子是全村最好看的……到如今，我对这种教育方式居然是赞同的，相信天上有神明，我们就会心存畏惧，会多一点慈悲，多一点善意。

刚刚读书念字的时候，很喜欢读写在两所老屋墙上的字："我们的权利是谁给的？是无产阶级给的。""只有社会主义才能救中国。""念念不忘无产阶级……"这个时候，父辈们听见就会很开心："花钱读书还是值得的，识得几个'狗字圈'。"于是每天像唱歌一样，把新、老花树下老屋墙上的字唱一遍,虽然根本就不知道这些字是什么意思。

新花树下的老屋有我家人的安身之所,房间是父亲跟叔伯借的,位于中厅一侧,很窄,木门,无窗,常年不见光。母亲曾说,她那时最大的愿望就是拥有一个有窗的房间。

有一年,有个路人从梨园村来村里修水库,途中风雨交加,就在老屋屋檐下躲雨,看见有个老人在厨房换电灯泡就主动帮她换,结果被电死了。这个意外让人叹惋的同时也给老屋带来几分阴森,母亲住在漆黑的屋里有些害怕。

但是小孩子并不怕,每次玩捉迷藏,男孩子还躲到棺材里去,这引来大人们一阵惊恐与责骂。老屋侧门上方放着许多棺材,是给老人准备的"长生"。村里人把棺材叫"长生",我们觉得这个名字真有意思,明明就是死了才用的东西,还怎么长生啊?

小时候倒也被吓过一回。晚饭后去晒谷场纳凉,结果看到门角落躺着一个人,吓得飞奔回去。父母一起去看看发生了什么事，原来是一个补锅的"走江湖"累了，没地方去，就在老屋这样将就一宿。父亲从家里端了些饭、倒了些茶送给那人，那人连声道谢。这一幕，每每回忆起来，都很感动。后来老屋没人住了，也经常会有流浪的人坐在门墩上歇脚，甚至住一宿。对于这些风餐露宿的人来说，老屋就是个避风港。

上厅的阁楼住着一位老爷爷，他曾是个军人，上过战场，经历过枪林弹雨，身上留下了战争的印记。因为腿受过伤，他走路很慢很慢，一点一点地挪。他是位非常喜欢喝酒的老人，我从5岁起就经常帮他买酒。每当傍晚时分，他就会坐在门墩上喊我，让我过去拿一个空瓶子，去小店打酒。很多人都说，我最听他的话。我爷爷去世的时候我还没有出生，我真的把他当成我的亲爷爷。后来，我每次给他买酒的时候，他都会赏我一毛钱。当然，对我来说，最大的诱惑是他的战争故事。我常常缠着他给我讲，每次他都会同意，讲得神采飞扬，让我有种身临其境的惊诧和感叹。他说还好子弹打在腿上，如果打在身上就要掉脑袋了。我纠正他："打在脑袋上才会掉脑袋，打在身上脑袋不会掉下来的。"他笑我傻。

后来老爷爷生病了，很少出门，家人也不让他喝酒了。但是，老爷爷有时还会让我偷偷去买。我成了个小特务，每天定时到他房间里拿空瓶子，帮他"瞒天过海"。我那时还不知道喝酒对他身体不好，只是觉得老爷爷好可怜，不能走路，也不能喝酒。假如父亲将我关在房间里，不给我吃饭，那我该多么伤心啊。

老爷爷生病的那些日子，我再也没有听到他讲故事了。我感到落寞，只好和小伙伴玩，我们在几个大厅里追逐嬉闹，玩得不亦乐乎。老爷爷休息静养，或许是被我们的喊闹声扰得忍无可忍了，他将我叫到床前，狠狠地批评了我一通。我一直觉得他是最疼我的，那么多人喧哗，他却偏骂我一个人，我对老爷爷生出了许多不满。后来，无论他再怎么呼唤我，我都没有再理他，没有再帮他买酒。

几个月后，父母问我怎么不去看望老爷爷，我沉默不语。再后来，我上学了，渐渐地就淡忘了老爷爷。不久，父母催我去看看老爷爷,说他时日不多了。我战战兢兢地站在他床前,只见他呼吸艰难,嘴巴一张一合。我难过得说不出话来,眼泪溢满了我的眼眶。我犹豫了很久,轻声问爷爷要不要喝酒,我去帮他买酒。爷爷慈祥地看着我,摸了摸我的头发,他已经说不出话来了。

老爷爷走了,他这样无声无息地向我宣告一个生命的谢幕。

工作后,我偶尔回老屋看看。多年的风霜雨雪在摧毁着老屋,那白色的泥墙坍塌的坍塌、破碎的破碎,刻着精致花纹的木梁也已经残破不堪。记忆里的老屋终究也步入迟暮,一点一点地老去。

我知道那花树下的老屋终将和老爷爷一样,默默无声地走向生命的尽头。可是,我还在期望着,老屋啊,你会挺过这一年又一年。只是不知道你是否载得动这许多的岁月和乡愁?

2017年刊发于《山花》

记忆中的唱书人

很小很小的时候，我们村是有个会唱书的人的，他叫创求，我叫他创求爷。（我们叫的爷其实是父辈，祖辈叫叔公。）我不知道他都会唱些什么书，只听过他唱《万日红》。我第一次听他唱的时候，年纪很小，他都唱了什么也是模模糊糊，只记得叫万日红的那个女子，要割肉给婆婆吃，很惨，其他都没印象。

7岁的时候，突然又想起这个故事，想知道结局，就央求父亲："请创求爷来家里唱书好不好？"父亲那天心情好，什么都依我。冬天，北风呼呼地吹着，父亲穿着大衣去火机塘（创求爷住的地方）拜访创求爷。回来后，父亲高兴地告诉我，创求爷答应了，第二天上午10点钟就会来，然后就出去告诉附近的乡亲："明天创求哥来我们家唱书，记得来听。"

于是第二天，我们家的泥土屋里坐满了人。奶奶在屋里烧了炭火，大家围着炭火暖暖地坐着。炭火上有一煲茶，冒着热气。奶奶还给大伙端来了一碟花生，给创求爷倒了一杯药酒算是犒劳。创求爷坐在我旁边，准确地说是我挤在他旁边，我执拗地认为离得越近就听得越明白。创求爷捏捏我的鼻子，逗我："阿妹挤那么近是不是以为有什么好吃的了？"他的话引来了哄堂大笑。

我问他什么时候可以开始。他就从布袋里掏出一本破旧的书，依旧是那本《万日红》，没有封面，纸已泛黄，用蓝色布包裹着。他用唱客家山歌的调调唱出了书的内容。唱一段，解说一段。"万日红长得温婉可爱，十分标致，婚后和夫君恩恩爱爱，次年夫君赴京赶考，留下她在家伺候婆婆。家里非常穷苦，连生活也不能够维持。她就出去给人家帮工，赚些钱来养活婆婆。她遇着了好吃的东西，一定带回家来给婆婆吃。可是婆婆早就看她不顺眼，特别是见她和儿子恩爱时更是急火攻心，儿子不在家，每每虐待她。可是万日红一切都逆来顺受，从没有一句怨言。"

"婆婆说想吃猪肉，她想尽一切办法给婆婆买猪肉。可是那一年饥荒，人们连温饱问题都解决不了，更别说肉。万日红不敢忤逆婆婆，在一个中午，她拿刀割了自己腿上的肉，煮给婆婆吃。婆婆觉得好吃，不久又吩咐她买猪肉。"唱到这一段的时候，创求爷声音带着哭腔，眼角还有泪，在座的人都听得泪汪汪的，"万日红又走在雪地里，哭着唱：'雪花飘啊飘，婆婆吃肉我切腿，上天怜我苦，赐我来生做个男儿身。'"我一边哭一边问创求爷："雪花是什么花？"沉浸在悲伤中的大人马上训斥我："小孩子别打岔。"创求爷告诉我雪花不是花，是雪，比早晨的霜还冷。我觉得这个解释真让人费解，但是我知道万日红很冷，切下肉还要自己煮,那么痛怎么煮?真要命。我脑海中全是血淋淋的画面。

后来万日红的丈夫高中状元回来,婆婆对儿子哭诉,说儿媳妇不孝顺,不肯给她买肉吃。儿子把媳妇带到母亲面前,把切没了肉的腿给露出来,恶婆婆吓得晕了过去。

创求爷唱完书没有多久,大家开始议论纷纷。屋子里的人嗔怪创求爷不该唱这么好,害得他们都哭了。

我问:"后来呢?"创求爷说结束了,没有后来了。我不信,要创求爷唱下去,他说真的结束了。我要看他的书,翻到最后一页,但是我不认识字,又颓然地还了回去。

创求爷没有坐多久,喝了二两酒,暖暖身子,吃了几颗花生就要回家了。我看他欲起身的时候,钻出人群飞快地跑到三岔路口等他。"后来万日红怎么样了?她死了没?婆婆有没有很疼她?"我拉着他的衣角,仰起头眼巴巴地问他。他又捏捏我的鼻子:"小女娃啊……"没有说完,就单独给我唱了一段,怎么唱的我也听不懂,但解说我是懂的:"后来万日红的婆婆醒来了,对她很愧疚,也对她很好。他们一家人搬到京城去了,万日红还生了孩子,过得很好,善良的人有好的回报……"

我对这个结局很满意,觉得就应该是这样的,不然那些肉不都白割了吗?

后来我知道,创求爷加的那一段是他自己编的结局,哄我这个执着的小孩的。大人们都说我傻,可是我依然相信这个就是故事本身的结局,只是作者没有写上去而已。

后来,村里人买了很多客家山歌的唱片,我们再也没有听过创求爷用山歌的调唱书。但是,我听见VCD里唱的《孟姜女哭长城》,会以为那是万日红的哭声;听见《天仙配》,会觉得是万日红飞到天上去了;听见《十八娇娇三岁郎》,会觉得娇娇就是万日红……但是没有任何一张唱片有创求爷唱得好。只是我也长大了,终于明白这个世界不可能所有故事都有美好结局,有遗憾,有衰老,有些伤没法好。

再后来，创求爷去世了，村里再也没有会唱书的人了。

偶然一次回老家，和父老乡亲聊起创求爷。我说他唱的书最好听。乡亲们说："是哩，你不说我们都忘记了。"不管曾经给他人带来多少温暖和感动，终究被遗忘了。这是我们每个人的结局。不管我满不满意，我再也不能在前面等谁给我附加一段唱词，给我一段解释。张晓风说："给我一个解释，我就可以再相信一次人世，我就可以接纳历史，我就可以义无反顾地拥抱这荒凉的城市。"

感谢那个给我解释的人，让我可以相信人世间的美好，可以义无反顾拥抱这个不只有完美结局的世界。

2016年12月4日刊发于《羊城晚报》

蜻　蜓

夏末，有只红色的小蜻蜓不经意间飞进了我们家。刚好表哥的小孩过来玩，看见蜻蜓兴奋不已。他蹑手蹑脚地走过去，抓住蜻蜓的翅膀，叫我们过来看。然后他一本正经地说："蜻蜓迷路了，它找不到妈妈了。"我们对他笑笑，他说要放它回家找妈妈。于是，他来到阳台，把蜻蜓放在防盗网上，嘴里念念有词。一会儿，蜻蜓就飞走了……我抬眼望着那只颤抖着翅膀的蜻蜓，想起了我的童年。

童年的生活离不开乡村，也离不开稻花飘香和青草气息，更离不开可以肆意奔跑的晒谷场。在父辈们把一担担稻谷和落日担回家的时候，我们这些小孩子也已经把晒谷场的稻谷用箩筐装好。这个时候，就可以看见漫天飞舞着的蜻蜓齐齐聚拢在晒谷场的上空，我们总是看着那一群群蜻蜓疯魔般大喊大叫着追着跑。蜻蜓就像逗我们玩似的，高高低低飞来飞去，就是够不着，却依然可以让我们快乐整个傍晚。

后来，有些大哥哥想到一个办法，用扫稻谷用的竹扫把扑蜻蜓。那时候大孩子们轻而易举地就可以把蜻蜓扑落在地，但是对于我们这些举着大扫把都有点费劲的小孩子来说，只好看着翩翩起舞的蜻蜓，等待时机。只要蜻蜓飞入了我们可以攻击的范围，就手起扫把扑落。一只只蜻蜓被密密麻麻的扫把枝压倒在地上，我们就兴奋地在密密麻麻的扫把枝里寻找蜻蜓，捏着蜻蜓的翅膀认真把玩，甚至异想天开地把蜻蜓装在瓶子里，准备带回家吃蚊子。直到天彻底黑了，大人们都喊着要洗澡了，才意兴阑珊地回家。那个装蜻蜓的瓶子已经是满满的了。洗完澡吃完晚饭（在农村总是先洗澡后吃饭的，可能农村的孩子比较野，经常弄得满脸都是泥），准备把瓶子里的蜻蜓放到房间吃蚊子的时候，却发现全都是尸体了，心里就堵得慌。第二天，一脸悲伤地把它们全部埋在小河边的桃树下，嘴里念念叨叨："下辈子不要再做蜻蜓了，如果做蜻蜓也不要遇见像我这样的人了……"一边念叨，一边哀悼，泪眼汪汪……

再到傍晚，和往常一样，完成装稻谷任务的孩子又开始追逐着蜻蜓，我想起那些被我埋葬了的蜻蜓，心里特别难受。哥哥们把自己的理想写在纸条上，然后用线绑在蜻蜓的尾巴上，被击落在地的蜻蜓，已经奄奄一息，却要带着纸条痛苦而艰难地前行……有的飞得久一些，所有孩子都看着带着理想飞的蜻蜓欢呼，可是蜻蜓最终还是坠落在晒谷场上。他们循环往复地做着这个游戏，一只坠落，就会有另外一只替代。它们生命脆弱，并没有能力带着孩子们的梦想飞翔，只能重重地坠落在这属于它们的厄运中。假如蜻蜓可以申诉，它们一定会跑到上帝面前列举这些人类的孩子是如何残暴地对待它们的……当然，这也是我长大了以后的"领悟"。

如今，时间已经过去很多年，我依然记得蜻蜓坠落时带着纸条痛苦挣扎的样子，便常常"酝酿"出一场极大的内疚情绪。我们都有过残忍的天真和不切实际的幻想，都有过因为少不更事而被原谅的过往……想起最近看的一部小说《追风筝的人》里面有这么一段话："我们每个人或多或少都在年幼的时候做过一些让自己今后感到羞愧的事，这些事可能如影子一般伴随自己一生，让你只能低着头去看它。"可是时光不会掉头，我们没有能力回到过去弥补那些不幸。

当年的晒谷场已经长满了狗尾巴草，还有开满紫色小花的布荆。我站在破旧的老屋前，仿佛又看到当年在晒谷场上飞舞的蜻蜓，起起落落，平淡轻盈，没人追逐，没人拍打，安然自得……

2016年9月5日刊发于《河源日报》

麦芽糖

农村孩子的大部分时光是在晒谷场上晾晒的,层层铺开,翻过来滚过去。正午骄阳似火,似乎可以听见谷子被晒得沙沙响。我们一边拿着木耙翻耙稻谷,一边张望长满狗尾草的小路,看有没有卖货郎的身影。在那物资匮乏的小山村,卖货郎无疑是小孩心中最大的期盼。他的箩筐里应有尽有,有糖饼(我们管麦芽糖叫糖饼,后来对卖货郎的称呼也改成"卖糖饼的"),有"唐僧肉""金橘""果汁""水果糖",也有小玩具。隔壁有个漂亮的女孩儿总是对逗她的大人说:"长大了要嫁给卖货郎,因为有好多好吃的。"虽然引来笑声不断,倒也道出了我们这些孩子对卖货郎的期待和羡慕。

卖货郎总是人未到声先到的,他有个小铁板,敲得当当响。隔着几个大屋都能听见"嘚嘚当""嘚嘚当"的独特声音,清脆悦耳。我有一段时间对这个被敲得"嘚嘚当"响的铁板很好奇,曾经小心翼翼地问卖货郎能不能借我试试,他满脸笑容地看着我玩。我一下一下或轻或重地敲,却也只能敲出沉闷的声音。我好奇地问他诀窍。他说:"你要是跟着我一起'卖糖饼'我就教你。"话没有说完就拿着他的铁板走了,生怕我会抢了跑掉似的。此后每次来都会逗我:"阿妹,要不要跟着我一起卖糖饼?"

我当然不愿意跟着他卖糖饼,但是喜欢吃糖饼是真的。嘴馋的孩子们一听见"嘚嘚当"的声音,就顾不上正在翻耙着的稻谷了,赶紧跑回家去,翻箱倒柜找些破铜烂铁啊、破鞋啊、瓶瓶罐罐啊到卖货郎那换零食。

当然，也不可能每次都碰巧家里有坏了的可以换零食的旧物品，小伙伴们只好"急中生智"，把家里没有用完的牙膏偷偷挤掉，或者把鞋子剪烂拿去换吃的。被围得水泄不通的卖货郎忙得不亦乐乎，直到两个箩筐装满废旧鞋底和其他可回收的东西，才乐呵呵地离开。

我也效仿过这种方法，把母亲的解放鞋用剪刀剪一排洞，拿去换糖饼。当时卖货郎还嘟囔了句："这鞋子破的洞怎么这么整齐？"我不吭声，看着卖货郎将小铁板插入一大块麦芽糖，用小锤子敲出一小块儿，用报纸裹好递给我，手捧着糖饼，心满意足，任由那甜甜的滋味在舌尖渗透。嘴里含一块麦芽糖，是童年的我们最奢侈的享受。

晚上父母回来，发现了我的罪行。一顿打骂是免不了的，只求父母能够从轻发落，怎么骂都可以，只要不挨揍就行。这个小小的心愿瞬间破灭，母亲拿着从竹扫把上取下的竹子，狠狠抽在我的小腿上、手心上，热辣辣地痛。我最痛恨这种教育工具，轻巧、顺手，一抽一个准儿，一抽一道血痕，打得快了还能听见"呼呼"的风声。父亲说如果敢逃跑就用绳子把我吊在门口的苦楝树上打,后果更严重。小小的心权衡利弊以后还是乖乖束手就擒,开始是强忍着疼痛小声抽泣,慢慢地随着伤口血痕越来越多就开始放声大哭,再后来觉得自己快要被打死了哭天抢地喊救命。没人救我,伤痕累累的我内心是崩溃到绝望的。

后来,小腿上伤口化了脓,还慢慢蔓延扩大,成了好大一块。母亲看到我沾满脓液的裤子,很是心疼。"以后还敢不敢不听话了?""不敢了。"只是吃了块糖饼而已,却要付出如此惨重的代价,人生真是太苦了。

父亲骗我说,糖饼很脏的,是用鼻涕粘在一起的,以后不准去换糖饼吃了,知道吗?我倔强地低下头,这么甜的糖怎么可能那么恶心呢?(沉默不代表我信了,这是对自己无法抗衡的力量的一种无声抗拒。)

那一天,左邻右舍都是孩子们鬼哭狼嚎的求饶声,他们和我一样"罪大恶极",也一样"悲惨"。大人们一边打一边骂骂咧咧,以后都不准卖货郎经过。再后来,卖货郎只有挑中午大人在田里干活这段时间,躲躲闪闪地来我们村,也不敲他的"嘚嘚当"了,孩子们拿来的东西都要认真检查一遍到底是真坏了还是被小孩破坏了。有时候我会问奶奶有没有可以换糖饼的东西,她说没有。我也只好吸取教训,乖乖在一边看着眼馋。有时候我真想跟着卖货郎去卖糖饼算了,每天至少可以赚一块糖饼吧?

一个又一个夏天过去了,我穿着不同的衣裙回到家乡的晒谷场,这里带给我多少的欢乐和甜蜜,又藏了我多少泪滴和忧伤。只是突然间,我就长大了。曾经拿小腿上浅浅的疤痕逗母亲:"你是后妈吧?对我那么狠?"她会凑过来看,然后心疼地说:"怎么那时候出手那么重?穿裙子看不看得到伤疤?"深知母亲此时的内疚和不安,我再也没有提起这件事。此去经年,苦也变作了甜。

生活开始像童年的麦芽糖,甜到悲伤。

2016年9月5日刊发于《河源日报》

河里流淌的小时光

春节,翻看了好多老照片,有一张和英子的合照,我穿着素白的衣服,绑着小辫,一脸甜笑地坐在石头上。阳光在水里折射出白色的光,河岸上熟悉的布荆和芋叶清晰可见。

每次看到这张照片,总会有一种恍如隔世的感觉,特别是看到照片中碧绿的溪水和蜡黄的石头,蓦然就想起那些在家门口这条小河边度过的日子。那一片片欢声笑语,全都交付给了眷恋的光阴。

这块大石头在这河岸上很多年了。每天清晨，会有很多姑娘到这个石头上浣衣。在这个石头上洗衣服是最舒适的，所以姑娘们为了可以占到这个位置都比赛着早起，排着队冲着这块石头而来。每天早上，石头迎接着一批又一批浣衣的姑娘。如果有老奶奶来河边洗衣服，我们会很自觉地把这块"宝地"让出来。这被磨得平滑的石头是我们村几代人的记忆。小河一直都很热闹，特别是春节前有阳光的日子，家家户户都在这河边洗被子、蚊帐。常常可以看见大伙儿互相帮忙，你一言我一语，你一边我一边把被子拧成麻花辫的模样。

这块石头总是很受欢迎。小孩得了伤风感冒，老人们喜欢拿着中草药在石头上用小石块锤，榨出鲜绿而苦涩的药汁给小孩喝。我喜欢模仿大人的样子，拿着河边的水草用小石块锤，把榨好的汁液用小碗装好喂给来河边觅食的小鸡。看着我追着小鸡跑得不亦乐乎，奶奶总是一脸慈祥地笑着。

我是很喜欢把时间"泡"在河里的，依然记得，停在布荆上的水蜻蜓，优雅地飞飞停停，阳光下的翅膀色彩斑斓。我常常带着弟弟追着水蜻蜓，有一次弟弟追到水中央，河水没过了他的脖子，一个趔趄，差点被河水冲走了。母亲说我不是个好姐姐，我哭得厉害，不知道是因为母亲的责备还是因为后怕。那个夜晚，我梦见自己眼睁睁看着弟弟被河水冲走了，母亲也把我扔河里了，说弟弟冲走了也不要我了；醒来大哭，用手轻轻抚摸弟弟圆圆的脸，一切都好好的。

邻家姐姐说，头发在水里最柔顺。在夏天的中午，在这清凌凌的水中，取下粉红色的橡皮筋，任一头乌黑的长发在水中柔顺成一幅画。我常想，美人鱼应该也是这样在河里洗头的吧？我会不会遇见美丽的美人鱼带我去她们美丽的世界呢？那时候的我，是真的相信有美人鱼就住在石头下面的水潭里，到了夜深人静的时候，她们就会出来和我们一样坐在石头上嬉笑。我在这天真的想象中慢慢长大。

长大后的我，开始上学，有了自己的同学。我有几个很要好的女同学，中午我们不午休，到河边玩耍。竹子下的阳光星星点点，我们在河里捕鱼、网虾、摸石螺。有时候会拣河里晶莹剔透的小石头，幻想拣到珍珠，有时候也会在水里捡到手表和项链。我们玩得不亦乐乎，玩得常常忘了时间，玩得全身湿透，衣服贴在身子上慢慢地透着气，跑到学校也就干得差不多了。

河的对岸是菜园，家家户户都有一块，种满了青菜，一年四季都有，菜园的边角还种有很多枇杷树、柿子树。傍晚放学了，我们几个女生会挑水浇菜。个子矮的同学就把扁担上的绳子多缠几圈，缩短钩与扁担的距离。通常都是挑的水少，溢出来的水多，但是整个菜园里的青菜依然长得绿油油的。

枇杷成熟的季节，我们几个小女孩会在夜里去河对岸的菜园摘枇杷。应该也叫偷吧，毕竟是女孩子，胆子小，听着左邻右舍的狗吠，常常打退堂鼓，于是就石头剪刀布决定由谁带头走前面，怕输了的人不认账，还要加一句："不去的是小狗。"我似乎从小就对游戏慢半拍，每次输的人都是我，每次我都赖账不愿意去。她们说："不去的是小狗哦。"我说："我宁愿是小狗。"

她们嫌弃我没出息还是硬拽着让我走前面。过河的时候，听见狗吠声，我一紧张，手电筒掉到水里，她们就笑着说我是胆小鬼。还好，那夜有月光，照在水里，也照在我们的脸上。

柿子差不多成熟的季节，我们等不及柿子完全成熟，也会瞒着大人摘很多青柿子放在水里泡。一个礼拜后就可以泡走苦涩的滋味，变得甜甜的，我们坐在石头上分着吃。

再长大些，我们会存钱一起买胶卷，和英子的姐姐借相机，拍一些照片。那个时候的我们穿着土里土气的衣服，天真而单纯。照片冲印出来后，发现好看的，就拿着底片去镇上的照相馆冲印更多，送给同学留念。

那些年，我们行走在水和水之间，且听且唱；那些年，我们畅想在岸与岸之间，轻舞飞扬。一年又一年，那些浅藏在河里的悲欢，在安静的岁月里开始鲜活。

只是，河里的水从山上挖瓷泥那一年开始变得浑浊，我站在岸边却始终看不见河里的鱼虾。那个黄色的大石头几个月前还在岸边，如今也不知道去哪里了。

不知道是河水涨了没过了石头,还是河水冲走了石头。那些一起洗衣服的老人大都去世了,而那些一起玩耍的小伙伴也已经长大。我们在各自的生活里远离了彼此,慢慢陌生。

村里熟悉的不熟悉的人大多都搬离这个小村庄,留在那儿的除了老人就是小孩。我常常回到故乡,却再也回不到那个地方。时光悄悄地溜走,宛如门前那流淌的河水,流走了就再也追不回来。心情也像那条河流,填满了泥沙,却填补不了空虚。

2016年3月8日刊发于《湛江日报》

放牛娃

在我 7 岁那年，家里买了一头用于耕作的黄牛。父亲说，这牛是我的了，将来生了小牛就给我换学费。从此放牛便成了我的工作。

那时候瘦小的我根本不喜欢放牛，那种"牧童骑黄牛，歌声振林樾"的悠然自得，说的是男孩子，我们女孩子对牛总是畏惧。牛很倔，力气也大，牛脾气来了就会用牛角撞人。第一天放牛，它就给了我个下马威。在门前的老柿子树下，我正要牵着它往前走，它却一头撞过来,我就滚到通往小溪的斜坡下去了。此后,我都不敢和我们家的黄牛对视,一见到它的大眼睛就害怕。

但是父亲经常哄我放牛,他说:"阿妹放牛最厉害了,每次牛都吃得饱饱的,阿爸犁田都轻松好多。"一听到赞扬,我立马忘记牛的凶悍,乐颠颠去牛栏(圈养牛的小土屋)牵牛。

最喜欢把牛牵到家对面的那座山上,我以前经常随着母亲到这座山上砍柴、割草,对这座山熟悉,知道哪里有覆盘子,哪里有桃金娘,哪里有山楂……这些美味的野果让放牛这件事变得没有那么讨厌。

把牛套上长长的绳子,另一头绑在长满很多草的小山坡的灌木上。自觉这是个极佳的地理位置,旁边有个水坑,黄牛既可以喝水又可以吃草。而我就可以愉快地去找应季的野果,常常一个人自娱自乐玩得忘记了回家。后来母亲咬牙花了8块钱给我买了块手表,告诉我短针到哪个数字了就必须回家。我嘴里说着好,心里却乐开了花。刚买手表的那些天,都不去找野果了,一边放牛,一边看着手表傻乐,等着到点了回去。

有一次母亲过来山上"检查工作",看见我这个听话的放牛娃安静地坐在水坑旁边等着牛吃草,什么都没有说,抱着我就走。当时我很不解,她告诉我以后不要到这边放牛,这里很"脏",这个坑以前埋了个老人,后来"捡骨葬"挖起来了就留下这个坑了。我目瞪口呆地听母亲说话,吓得毛骨悚然,再也不敢一个人去山上放牛,只好牵着牛到家门口的小河边,寸步不离地跟着黄牛,怕它偷吃河边的庄稼,虽然辛苦,但是没有"脏东西",心里踏实。

我们村还有一座很远的山,叫"撑牛坑",农忙时节过了以后,耕牛闲下来了,大家会把村里的牛都赶到"撑牛坑",隔半个月去探望一次。当然,这也在我的责任范围内。去"撑牛坑"放牛其实是最快乐的,约上几个小伙伴,一路说说笑笑地把牛赶过去。路途遥远,我们要趟过很多小河、走过很多弯路才能够抵达。但是我们从不带干粮,渴了,捧一把河里清凌凌的水就喝;饿了,就采摘野果。把牛赶到一个地方以后，就漫山遍野找吃的，有板栗，有拐枣……

有时候也会遇见搭棚种木耳的同乡人，我们会很自觉地帮忙，七手八脚的，很快就做好了。边上有个小木屋，依山傍水，平时有人住在这里看管木耳棚，小木屋里有简单的厨具，也有油米。大人会在一旁煲粥，我们就一边帮忙，一边在哗啦啦的小溪声中闻着米香，像个小馋猫。

8岁的时候，我开始上学，学费果然是黄牛生的小牛卖的钱，以后的每一年它都会生一头小牛换我的学费。父亲总是跟邻居说这头黄牛是我的，学费也是我自己赚来的。听了这话，我内心一阵雀跃。时间久了，对家里的黄牛开始依恋，一放学就迫不及待地去牛栏牵牛，带它到附近的田埂吃草。

农忙时节辛苦，黄牛为了逃避繁重的耕作，在没有人看管时会自己跑回"撑牛坑"。有一次我去上学了，早上回家吃早饭，父亲把牛放在门口的小河边自己吃草。饭后，牛就不见了。父亲直接去"撑牛坑"找，居然没有找到，一连找了半个月也没有找到。当时我就急哭了。父亲说牛找不到肯定是因为脖子被绳子缠住了，再找不到就会死了。周末我便和父亲火急火燎地去寻找，告诉父亲我知道牛喜欢在哪个山头吃草，经常从哪里经过。在一棵布荆树旁边找到黄牛的时候，它已经奄奄一息，绳子缠住了脖子，另外一头缠住了布荆树。牛脖子被绳子勒出一道血痕，伤口化了脓，很多苍蝇飞过，附近的草都被啃光了。瘦骨嶙峋的黄牛跪倒在泥土里，动弹不了。

我们急急忙忙去解开绳子，带牛去喝水。看着黄牛趔趔趄趄艰难地走着，我非常后悔不早点和父亲一起来。黄牛好了以后，留了伤疤。疤痕成了记号，读书的时候没有时间去"撑牛坑"，也会问问刚去那儿砍柴或者种木耳的人："有没有看到我们家的牛？脖子上被绳子缠了道疤的。""看到了，就在坑旁边呢。"得到大声的回应就心安了。

我们家的田在"瑶下"，很远，每次去都要带厨具去做饭，中午不回来。记得有一次家人在"瑶下"收割稻谷，我跟去放牛。都说六月天孩儿脸说变就变，刚刚还是艳阳天，一会儿就雷声隆隆，乌云密布，大雨将至。父母不舍得我淋雨，让我赶紧回家，他们要等雨过后继续收割。但我从小就是路痴，山里的路十八弯，我根本就找不到回家的路。父亲说："跟着牛走，牛知道路。"我忐忑不安地跟着牛走，它慢我也慢，它快我也快，生怕跟丢了，也怕牛带错路。我终于还是没有在大雨降临之前回到家，一声巨雷伴着闪电，随后大雨倾盆，我吓得大哭，黄牛也吓得跑更快。我在这泥泞的路上深一脚浅一脚地跑着，满脸都是水，分不清是雨还是泪。一阵风吹来，把我头上的斗笠吹飞了，也顾不上去捡；脚上的拖鞋跑掉了，也不管不顾，一门心思跟着黄牛跑……我无助地哭着，谁能将这一场风雨化作羽翼，载我飞向安全的家？

　　回到家，我抱着奶奶不放手，奶奶给我煲水洗澡，黄牛自己回牛栏。往后的日子，每每说起这一次经历，父亲总是要笑我："阿妹都没有我们家的牛厉害。"

　　二十多年过去了，我们家的老黄牛还在呢。开始在市区生活的我，只有在回老家帮忙拔花生的时候才会在花生地里见到它。我们摘花生它在田埂吃草，有时候我会给它扔一些花生苗。

老黄牛，你还记得我吗？当年，父亲说你归我的时候，你是不是很不屑被一个黄毛丫头"领导"，一头把我撞倒在小斜坡？父亲说我不如你的时候，你是不是在笑我这个没长大的小屁孩儿？我曾和你一起走过落满松针的山岗，走过跳着格子的稻田，也走过坑坑洼洼的乡间小路……那些和你一起的童年，全部成了我记忆中的特写。只是，你还记得吗？

2016 年 4 月 12 日刊发于《湛江日报》

我曾有过一瓣莲

夏天，烈日煎烤着脚下的路，我们走在去中磜莲花池的山路上，脚底生疼生疼的。那时候我们都还小，七八岁光景，在白磜村的花树下没心没肺地成长着。只是常常听说上磜有漂亮的山泉，中磜有罕见的莲，路过的水电站旁还有白花花的水帘……我们在大人们的口耳相传里，心生向往。于是，和几个小伙伴托腮眨眼，幻想着：只在年画里见过的莲花，叶子应该很大很大吧？像水缸里的木盖那么大。花瓣应该很多很多吧？

像蚂蚁抱团一样一层一层把花蕊包裹。味道应该很香很香吧？像奶奶煎的荷包蛋金黄香逸……一路想象，双脚长满了劲，跑跑跳跳地走向莲花池……

听说很远，要走一个半钟头才能走到，路过了水电站就已经走了一大半的路，走上一个很高很高的坡，再顺着大路往下走半个小时下坡路，就到了。不用寻找，就在大路边，走到了就会看见。

我们目标明确，心无旁骛，全忘了爸爸妈妈、爷爷奶奶、叔叔婶婶会因为找不到人而着急。我们那么多人相伴，人多胆子大，也没想过会不会有事。走好久了，也好累了，小脚都起泡了，可是那传说中的莲，观音娘娘坐着的莲，到底是有诱惑力的。就好像和大人掮大腿，多少知道点丑羞，但还是掮了，因为那个棒棒糖实在是太有诱惑力了。

莲花池是一个小男孩先发现的，他走得快，在前面，发了疯似的大喊着："找到了，找到了，真好看……"这一喊，让我们像鼓满了风的小船，往前狂奔。眼前的莲花池跟祠堂门口的池塘那么大，似乎没有水，密密麻麻的都是绿色的叶子，一朵又一朵粉红色的花不分高矮地排着队站在绿海里，笔直地站着。它们不像梧桐花，一束一束，也不像布荆花，细细碎碎。叶子没有锅盖那么大，但是比准备抽穗的禾苗还要绿。花瓣也没有密密麻麻，一瓣一瓣整齐有序地张开，向上，又稍微向花蕊聚拢。淡淡的清香，跟着风徐徐到来。我们张开双手，闭上眼睛，拥抱这一池美丽芬芳。这样的莲，可爱、娴静、高挑、亭亭玉立、娉娉婷婷，圣洁地盛放在这个夏天……

美丽是一种诱惑，我们不约而同地要凑近那一张张美丽的脸，无奈池边都是淤泥，我们只有蹲着往前。有个小伙伴蹑手蹑脚，伸长脖子，小手轻轻触着莲花。但泥潭很深，他陷在里面，而且越陷越深，我们几个伙伴忙拉着他的一只手，帮他慢慢靠近。他好不容易采摘到一朵莲花，我们就在一边拼命拉扯着他，他把莲花高高举过头顶，生怕一不小心就沾到泥污。我们费了好大的劲才把他从泥潭中拉扯出来。他也顾不上满身都是泥，迫不及待地把莲花递到同伴面前，一脸的光荣与骄傲。我们的脸,顿时也笑成一朵朵盛开的莲。

刚刚已经见识到泥潭的威力,再也没有谁有勇气下去了。不过,我们终究还是有一朵莲花的,她是那么安静柔和,就像熟睡的婴儿。我们屏住呼吸,生怕惊扰了她甜美的梦。

后来有小朋友提议,我们每人分一瓣,带回家,清清淡淡的花一瓣一瓣地被分开,也是一样美丽的,像弯弯的小船,还可以盛水吧?我们在草地上把分开的花瓣排着队列在草地上,安静地跟着队形坐着,不说话。久了,再把花瓣围成一个圆,我们也围着一个圆坐着,依旧不说话。不知道坐了多久,也不知道天马行空地想着什么。

这些年,看过大大小小的莲花池,看过摇摇曳曳硕大的莲花,热闹非凡;却从来没有提及,我曾是个纯真的小女孩,采撷一瓣莲的心事,踩着细小的光阴,从盗梦街走过……但,那终究是我这一生遇见过的最美的莲,即使只是一瓣,也胜过整个荷叶田田。

2017 年 7 月 20 日刊发于《汕头日报》

兰花草

电话刚刚"嘟"一声,父亲那边就接通了。

记得以前上班开会什么的经常不接他电话,打回去给他的时候,他总是孩子气似的抱怨:"我打电话给你你总是不接,你打给我我马上接,不公平。"的确如此,我的电话他从来不怠慢。我还来不及开口,他马上说:"你不是不要你爸了吗?你不是不要这个家了吗?"仿佛这话已经念了千万遍,就等着我"自投罗网"。

一个礼拜前,因为一些琐事父女俩闹别扭,我赌气就回市区上班了。整整一个礼拜，任性地不打电话回家。周末又到了，正当我委屈地掉眼泪时，母亲嘱咐我打电话给父亲。"你爸年纪大了，还要他像小时候一样哄你？"我挂了电话，趴在桌子上为自己的不懂事默默流泪。

父亲也在等我的电话吧？在我关上门的那一瞬间是不是会伤心掉泪？他一定很怀念那个在他怀抱里乖巧的小女孩吧？他是不是希望我永远不要长大，不要长成这样子？

最终我也没有道歉，没事一样对他说："爸，我这周要回去，你记得给我留鸡腿。""不留。"他还在闹情绪，我笑了笑，挂了电话。

父亲宠我，举世无双。我在他身边撒娇任性，活生生一个刁蛮公主，予取予求。

回到家的时候，已经是黄昏。他在晒谷场的角落劈柴，穿着泛白的旧衣，看见我走来，斧头停在半空，然后放在了角落。他旁边的兰花草飘来一阵阵淡淡的清香。

"爸,我的兰花草开花了?"

"是啊,快点洗手吃鸡腿了。"

"嘻嘻,你不是说不留了吗?"

"以后看还有谁这么疼你……"

夏天的风,夹着花香,兰花草自遥远的记忆里幽幽传来,像一个时间老人,低低地解释着我们的来路和归途。想起王阳明那一句"你未看此花时,此花与汝同归于寂;你来看此花时,则此花颜色一时明白起来"。此时此刻,我的内心是何其"明白"。

小的时候,学过一首歌:"我从山中来,带着兰花草。种在小园中,希望花开早。一日看三回,看得花时过……"于是,在一次跟着父亲上山砍柴的时候,挖了一棵兰花草。父亲嘀咕:"有时间不如多种几棵青菜,种草有什么用?"于是,我就给他唱《兰花草》,在昔日的山谷中,回响着我稚嫩的歌声,还有父亲爽朗的笑声。

时至今日,我已经不确定当初执意带回家的草,到底是不是兰花草。叶如韭菜,花似百合。那时候的我何止一日看三回，担心自己照顾不好，还"勒令"父亲一定要帮我培土、施肥。父亲一边陪着我小心翼翼地培土，一边嘀咕——

"总是嫌弃我们给你取的名字带花不好听，你看你多喜欢种这些花花草草，这个名字最适合你了。"

"没事，将来我换个笔名。"

"笔名是什么？"

"就是发表文章用的名字。"

"整天瞎想什么呢？种地插秧才是正经事。"

"我将来才不要种地，太苦了。"

"懒人……"

14岁那年，在报刊上发表了第一篇作文。小作者简介那一栏附有我的照片，格子衫，马尾辫，有些羞涩，模样倒是很乖巧。笔名：兰花草。理想：作家。前段时间整理旧物发现这一页的时候，内心一阵欢喜。我不知道假如小时候的我遇见现在的自己，能不能友好相处。在浅浅的时光中，我开始惦念那个叫"兰花草"的格子衣女孩。

将刊物拿回家向父亲汇报的时候,父亲笑得合不拢嘴。"哎,我的小作家,你取的笔名也和我取的名字差不多啊……"此后很长一段时间里,父亲都没有叫我的名字,而是调侃式地唤我"小作家"。我也不知害臊:"爸,哪天我的理想实现了,给你买房,买好多你最爱吃的橘子,再也不用种田了。"

理想虽然没有实现,但是我终于将父母接到身边,和兰也有着许多不解之缘。有个文学前辈叫我"阿兰",我不知道他为什么这么叫我,而我应答得十分自然,仿佛这就是我原来的名字。有一阵子,我甚至怀疑他就是很多年前发我第一篇作文的那个编辑,因为记住了"兰花草",所以叫我"阿兰"。不用说,这自然是我想多了。

再后来有开兰花店的朋友执意要送我一盆兰,在花店里兜了几个圈,也没有找到我小时候种的那种兰花草,最后挑选了一棵石斛兰。挂在墙上的石斛兰,开着一朵朵淡紫色的花,粉嫩地芬芳着,无比隆重。挑选这个花的真正原因是我知道石斛兰因其秉性刚强、祥和可亲的气质而被当作"父亲节之花"。它的花语是欢迎、祝福、纯洁、吉祥、幸福,是赠送给父亲的花,寓意父亲的刚毅、亲切而威严,表达对父亲的敬意。刚开始发现这个"秘密"的时候,我内心很雀跃,我实在是找不到其他更能代表父亲的花了。

那天中午,兴致盎然地捧着花回家,却遭父亲数落:

"花那个冤枉钱干什么?还不如你小时候种的兰花草。"

"它们是一个科的,都属于兰科,就像我们是一个家的,都姓冯。"

"你妈就不姓冯……"

"哎呀,爸,不要被妈听见了……"在父亲的身边,我总有一种岁月绵长、人间静好的感觉。

两点半,准备出门上班。母亲随口说了句:"叫你爸送你上班吧。"

父亲听说要送我上班,马上换衣服,快乐得像个孩子,幸福得仿佛得到仙女的恩赐。于是,我真的坐上老爸的自行车。

"你的小板凳还在,这么多年也不会坏。"在路上,父亲提起我小时候的小板凳，小小的，贴了绿色的胶板。那是他亲手做的，绑在单车杠上。

"爸，你不要把小板凳扔了，那是我的童年回忆。"

"舍得把你扔了也不舍得扔它啊……"父亲不知道什么时候开始变得很喜欢"挤兑"我。

"嗯。你小心点。……你怎么不看车的啊？你平时也是这样横冲直撞的吗？……你要看红绿灯啊，还要看来往的车辆……"

"你怎么变得像你妈一样唠叨……"

坐在父亲的自行车上，四周是呼呼而过的风。风凉凉的，吹着我慢慢变长的发……这时，幸福的感觉，像漫天飞舞的花瓣，我张开双手，应接不暇。

2017年7月14日刊发于《湛江日报》

你不曾告别也不曾远离

"荼蘼花开后,一叶便知秋",暖融融的心情,被秋日的阳光柔成一首诗。重阳又至,突然想起那个和我一起"跋山涉水"的女孩。

回忆起很多年前的这个时候,小姑娘腼腆害羞,串门遇见大人会特别不好意思,于是我和音总是避开有人的地方,绕到小学附近那座山上走山路。这样的时节,是属于菊花的。枝头密密麻麻地缀满了花蕾,仿佛一夜之间激情迸发,金黄金黄的花开得灿灿烂烂。听大人们说过，菊花有散风清热、清肝明目等作用。我们便一起到山上、到田埂采摘菊花，带回家以后，晾干，说要泡菊花茶。因受不了其苦涩滋味，晾干的菊花常常都不知去向了。

往后的时光，我们采摘的菊花就自己把玩。把一捧捧菊花撒在小溪上，看着溪水漂着一朵朵菊花缓缓地流动。欢乐的小溪缀满了花，年幼的我们充满了欢喜。也会突发奇想，把菊花放在芋叶上，菊花就像驾着小船，摇摇晃晃地顺流而下……我们跟着小船边走边说话。说了什么大多都不记得了，只记得她问我："那首《当》的歌词你帮我抄好了没有？"我说抄好了。那时候我们一起看《还珠格格》，凑钱走到街上去买"小燕子"的贴画。那时候，我们每个人都有一个抄歌词的本子，精心地装扮着，贴上自己喜欢的明星图片，然后请班里写字漂亮的同学帮忙抄歌词。我的字不漂亮，但是她还是喜欢叫我帮她抄歌词。她说："我就想留你的字迹在本子上。"她还说："将来结婚，你要做我的伴娘。"在那样的年纪，似乎很喜欢幻想未来的婚礼。

新郎和地点都待定的年纪，伴娘是唯一可以确定的。

时光有时会充满柔情，她结婚的时候，我是伴娘。一个十几年前的承诺，兑现以后便觉得再也没有比这更温暖的事情了。她结婚那天，我站在她身边，听她对他说"我愿意"，我感动得想要哭出来。

再后来，我听杨千嬅的《姊妹》会想起她想起自己，"听过你太多心事，但已经不再重要，眼见你快做新娘，做蜜友的真想撒娇，我与你太好姊妹，为你竟哭了又笑……唯求好姊妹抱我一抱……我都有听你劝告，不要计数，他错了要故意扮成糊涂，终于你守得到，怎么我和我的他忍不到……"我沉浸在那一场无疾而终的爱情里无法自拔，山盟海誓终究敌不过世俗的一腔悲凉。在灰暗得透不过气来的日子，心中有些郁结的情绪无处躲藏，我常常封锁自己，不和身边的人往来。音给我打电话的时候，我总是跟她说："我现在心情不好，不想说话。等好些了我打电话给你。"音对我说："只有你幸福了，我才放心。"然后很理解地没有再打扰我。很多年了，她给我的电话也越来越少。我想，这份情义是被我弄丢了吧？

　　我常常一个人安静地穿梭在人群中，默默地看着那些同我一般年纪的男男女女，不知道他们此刻幸福的笑容还能够停留多久，然后属于我的幸福又能停留多久。自始至终，我都在寻找一种最好的方式，可以抵挡各种已经到来的或者可能到来的分离及各种内心的不适。

　　这段时间，母亲告诉我，音几乎每天都要和她说半个钟头的电话。我过得好不好，我又遇见了什么烦恼，她都知道。她会交代母亲应该怎么安慰我，告诉她我不开心的时候让我安静不要打扰。我沉默地想象，这些年她对我是怎样复杂的心情？上天还是眷顾我的，赐予我一个这么在意我的蜜友。

　　在我的生命里，你不曾告别也不曾远离。我似乎又看见那漫山遍野的菊花，在秋风中灿灿烂烂地摇曳……

2016年10月21日刊发于《河源晚报》

秋

　　清晨,我走在上班的路上,路过长长的绿化带。风和阳光一起到来,我看见一朵紫薇花随着花托飘落。整个盛夏,这一树的紫淡淡地灿烂着年华。旁边一个约4岁的小男孩跑过去,拾起紫色的花瓣,带着哭腔对妈妈说:"妈妈,花儿死了。"我才意识到,这是最后飘落的一朵紫薇花。秋天到了,很高兴这个秋天是从遇见一个天真的小男孩开始的。

　　面对这么小的一个小男孩,他的妈妈当然不会说出

"落红不是无情物，化作春泥更护花"的诗句开导他。我忍不住停下脚步，想听男孩的妈妈会有怎样的回答，她却只笑不语。

"妈妈，我们把花埋在地下，它会重新开花吗？"

"你试试就知道了。"于是小男孩就开始挖坑，种"花"。

日后，我常常想起小男孩手捧着花小心而认真的样子，只觉得内心如这秋日的阳光，暖暖的，一直尾随着我。

林黛玉葬花多多少少带点凄凄惨惨戚戚的伤感，而这个小男孩却是天真到唯美。他真的相信把花埋在泥土里就会重新开出新的花。

在这样一个恬静的季节里，我的回忆伸展到更遥远的午后，我那天真可爱的小弟弟，仰着无邪的脸问我："姐，这个世界你和谁最好？我和你最好。"想起来，不免心生欢喜。

循着记忆之门，回到老房子门前的菜园里，秋和弟弟一起，落在了我的眼里。

二十年前,芒果对我们这些乡下的孩子来说是稀有品种,我们没有吃过,就是见到大大的芒果核,也会感到稀奇。秋日里,小弟不知道从哪里捡来一个芒果核,快乐地向我分享他的快乐。他拿来父亲专门给我定做的小锄头,在菜园的边上鼓捣了半天,把芒果种在地里,还在芒果核的周围画一个圈圈,"警告"母亲不要不小心把他的宝贝锄坏了。

大约一个礼拜后,小弟悄悄地把芒果核挖出来,居然看到发芽了,然后又小心翼翼地用泥土盖好,飞也似的跑过来跟我说:"姐,我种的芒果发芽了……"拉着我的手要带我去看。他又小心翼翼地把土扒拉开,拿出一个发了芽的芒果核给我看。那时候的我也终究是个孩子,和他一样,看到乳白色的嫩芽兴奋不已,然后和他一起培土……接下来,小弟每隔几天都会去看看他的"芒果树",每次都是挖开来看。看到芽又长了一点点,就会安心,掩饰不住地开心。芒果核被他来来回回折腾了两个礼拜后,坏死在泥土里,他当然是一脸的茫然和失落。

后来,他在我们的小菜园里种了芒果树、柿子树、黄皮……但我们总是会想起,那棵"夭折"在泥土里的芒果树……

二十年的成长蜕变,二十年的风雨兼程……当年那个天真的小男孩长大了。记得秋收的时候,我和母亲洗箩筐时我的眼镜掉到小溪里了,当时我就急哭了。小弟捞了好久才捞到。有些大人说:"还好你哥哥帮你捞到了,要不你上班就麻烦了。"他笑了笑说:"这是我姐,亲姐。"

忆起心灵深处的过往之秋,生活多了许多诗意。回忆总是会撒点小谎,把某些不愉快都过滤掉,甚至会给某些故事添油加醋一番,而幸福也变得越发饱满,甚至有些滚烫了。

2016年9月5日刊发于《河源日报》

同学仔

我在校园门口的阶梯上一级一级往上走，抬头看见"白礤小学"四个大字，想着刚读书那会儿怎么也都写不对这个多笔画的"礤"字。其实我们村正确的村名叫"白砳"，我们的小学应该叫"白砳小学"，由于字典没有收这个字，电脑也打不出来，只好用"礤"替代。连续六年，我们的作业本封面依旧执拗地写着"白砳小学"，我们都坚信，这才是正确的。校园中间有条小道，两边种着香樟树。我和几个要好的同学经常在香樟树下扫落叶，也经常把香樟籽当成黑珍珠，用狗尾草串一串串手链，忽而专心致志，忽而开怀大笑……不管遇见过什么人，去过什么地方，记忆中最美的依旧是校园的香樟树，还有树下那些有着世界上最干净笑容的脸。此时此刻，他们都去了哪里？我们多久没有联系了呢？那些天真的过往，笑得无风无浪，还记得吗？我们有过梦想，像一朵美丽而幽蓝的花，都实现了吗？

那时候的我们，一群没有长大的男孩女孩，做着一些调皮的事情，想起，忍俊不禁。首先，我要提到几个男生，一个叫华仔。华仔是我们上上届还是上上上届的师兄，已经不记得了，反正他是大我们好多岁，年年留级。留到我们那一届的时候，不准留级了，于是就和我们同窗六年。华仔的成绩永远是零分，他的名字永远写不对，从来不肯好好听课，喜欢欺负女同学。有一年，他坐第一组，我坐第二组，他有一个损招我是经常中的。老师一喊上课，我们起立说完老师好，我的凳子就被他神不知鬼不觉地挪开，一屁股坐在地上。我对他可谓恨之入骨，怒目相对的时候，他好声好气：

"阿妹,睇来啦,跌伤了哪头多少?痛吗?下次小心滴咯……"温柔得就像是在关心你,只有那一脸坏笑的表情提醒你这是个恶作剧。老师罚站的时候,他振振有词:"其他同学都不会摔倒,谁叫她那么笨……"那么,怪我咯?

欺负归欺负,他不打人,甚至有些"仗义"。有同学的弟弟妹妹被欺负,他会路见不平,说一声"是我同学的弟弟妹妹,我罩着",颇有一种江湖大哥的架势。

如果说华仔让我觉得很讨厌,那么对泉我是相当痛恨的。他坐在第一组第一排,也是个喜欢惹是生非的主。老师把他安排在第一排就是为了方便监督。按理说,我和他也应该是没有什么交集的。当时的教室在二楼,有一天我从校园走过,准备上楼梯,他躲在二楼的走廊里,伺机给我吐痰。结果一大口痰极其恶心地、结结实实地全部吐在我头上,黏着我乌黑密集的长发。我疾步到二楼,看见他笑弯了腰,还有华仔又在那里阴阳怪气:"阿妹,睇来啦……"泉就这样"荣升"成我第一讨厌的人,华仔"屈居"第二。

还有一个男同学也好像是不得不提的。他叫科仔，是数学老师的儿子，没心读书，但是他有本事从他老爸那里偷试卷答案，所以数学永远一百分。他和颖邻桌，最喜欢欺负她。每天放学就拿一把锁把她的书包锁在桌子上。当时的课桌破破烂烂，到处是洞，他将她的书包带子抠进桌子的破洞里去，再用锁锁上。有时候他老爸看见儿子这一杰作都啼笑皆非。我常常在想，颖最害怕的同学应该是他了⋯⋯

说起女生吧，好像也不会有多文静。每天中午早早吃完饭，到操场上跳绳、玩跨步、抛小石子⋯⋯花花和老鼠仔是不能在同一组的，因为她们两个每一个游戏都玩得非常好，并且势均力敌。为了公平起见，每次游戏分组的时候，总是她们两个石头剪刀布，谁赢了谁先挑自己组的成员。轮流挑下来，两组成员也是实力相当。我这种虾兵跟了哪一组都很开心的，只要不拖后腿，就可以保存整体实力。

中午两个钟头实在够我们做好多事。除了玩游戏，我们会去山上打板栗、摘野果，到门前的小河捕鱼捉虾摸石螺；还会一起跳舞，跳小虎队的《蝴蝶飞呀》，"蝴蝶飞呀，飞向未来的城堡，打开梦想的天窗……"那时候的我们渴望破茧成蝶，渴望飞翔，渴望飞出这个村庄。

枇杷黄了的时候，又相约着去黄屋的同学家摘枇杷。那天中午放学后压根就没有打算吃午饭，就跟着同学去了。用她们的话说，我是这群女孩子当中最扫兴的一个，常常哪里都不想去，除非拗不过。这次也拗不过，但是一起走到"大夫弟"的时候，有个分岔路，我就悄悄溜走。素走在后面看见我溜了，她也跟着我溜。她们在前面骂，我们直接跑回家。

那天下午，我们在教室坐了很久，她们也没有回来。外面下着很大的雨，老师很着急，问我她们到哪里去了，我说不知道。"你们整天都要腻在一起的，怎么可能不知道？"我吓得哆嗦，没来得及说话，就看见她们一个个穿着花花的衣服站在门口喊"报告"。从黄屋回学校的路上突然下起了雨，跑到离学校最近的花花家换好衣服就迟到了整整一节课。"还来干什么？不用上课了。

去玩就行了。"老师气急败坏。她们被罚站在教室的最后。老师叫我们读了一篇课文以后,就让我们自习。我心里有些愧疚,我的临阵逃脱有点像背叛。

自习课上,老师离开了教室。这时候的教室乱成一团,说话的说话,石头剪刀布的石头剪刀布,玩纸牌的玩纸牌……谁输了就给赢了的人捶背。不用说,老师回来又是暴怒。

参与了的同学全部被叫到了讲台上,一个个排着队锤黑板。十几个男孩,拍打着黑板,有的忍不住笑了,有的有些难为情。其中有个叫学飞的男同学,当时刚好剃了个光头。老师指着他骂:"你学什么飞?这个样子永远飞不起来,没有毛也飞不起来。"可能老师是被气坏了,随便抓个出气筒就要借题发挥。同学们都在笑,那一刻本来是同学们最难为情的时刻,却成了我们每次聚会谈得最欢乐的时刻。想起,就要笑出声来。

我们十几个女孩子,每天晚上都腻歪在一起,最经常去的就是素的房间,在肖屋。肖屋是个大围屋,一起玩的女孩子三分之二都是那个屋子的。我家住花树下，和肖屋对面，我单独一个人在这边。她们每天晚上将家务做好，冲凉、晚饭后就来接我。因为不想绕路走，就直接从稻田走过……时间久了，我们中间的那一片稻田居然有一条蜿蜒着的小路。十几个女生在一个小房间里，有时候唱歌，有时候聊天。说起梦想，简直是随手一抓一大把：作家、老师、主持人、医生……有时候就腻在一起做作业，夜深了就东倒西歪窝在一张床上到天亮……这个习惯一直维持到初中、高中。那时候，我们会交换着彼此的秘密，悄悄地告诉姐妹们隔壁班的男生给自己递情书了，有谁又让自己脸红心跳了，并开始在心中临摹爱人的样子，想象着一个又一个温暖而属于自己的故事。我好像从来都是所有同学当中最恨嫁的一个女生，我总觉得结婚生子、相夫教子是女人的宿命，早点完成早安心。她们总是笑话我。我们约定，将来要嫁同一户人家，那样我们就永远在一起，永远不分开，说好了，要和睦相处，不准争家产。这个约定连大人都知道，还问我们："到哪里找有十几个兄弟又刚好看上你们并且又被你们看上的人家？"

我们整天很肉麻地说一句:"亲爱的,要狠狠幸福哦!"现在想想,那时候其实挺幸福的。

后来,我们终究还是各奔东西了。拥有第一部手机的时候,大家还常常联系。当时一条信息最多编写70个字,我们都会很认真地编写69个字之后才按"发送",不愿意便宜了中国移动……想起那些朴素的日子,内心甜得像一颗糖。

有一天,在同学QQ群听说泉车祸去世的消息,备感悲伤。那个调皮捣蛋的少年,那个被我记恨好多年的少年,那个在讲台上拍打黑板的少年……还来不及修复自己的不良印象就永远离开了。

时间过去很久了,我们为着目标各自奔波,甚至想不起来同学之间有多久没在一起了。很多很多的约定,说好了友谊天长地久,说好了永不分开,好像刚说没多久,又似乎恍如隔世。

张小娴说过,"有些朋友,我们已经很久没联络了,我们曾经是很要好的。时间使人忘记梦想、原则和朋友,偏偏有些事情我们又记得很清楚,我们记得自己曾经有梦想、有原则、有朋友"。每当看到这样的句子,心里总是有些感伤,时间在不知不觉地改变着我们。

雨后的天空很蓝,天空下杂草丛生,我小心翼翼地走在走过无数遍的校园小道上。我把手放在教室的窗上,回忆起童年时代的那些同学。但愿我们再遇见的时候依然觉得亲,像从前一样,然后友好地说再见,友好地再见。

2016年9月5日刊发于《河源晚报》

追月光的女孩

越长大越能感受到,中秋节是一个含情脉脉、充满浓郁的人情味的节日。不管时间过去多少年,我还是会怀念深藏在记忆里的往事。

和很多孩子一样,一年一度的"饼节"是属于我们的幸福时光。那年中秋节在盼望中来临,家人早早地搬出八仙桌,摆出豉油饼、月光饼、花生、柚子等东西祭月。随后,一家老小搬出竹椅、小板凳,拿着蒲扇在门前的晒谷场坐着闲聊,菜园旁的大榕树叶子被风吹得哗啦啦地响。家长往往先让小孩吃这些祭过月神的祭品。按照大人的说法，吃了这些祭品会更"听话"，会一直平安吉祥……那时候的我将信将疑地吃着这些人间美味，吃饱以后，便开始缠着大人讲故事。

父亲指着遥远的月亮对我说："有没有看到那个淡蓝色的山？"我一看像山，就说"有"。"有没有看到那棵树？有个人坐在树下纳凉的？"顺着父亲指的方向看去，我似乎真的看到一个人靠在树上乘凉，就会兴奋地说"看到了"……

父亲说："就是那个坐在树下乘凉的人，他一直想把那棵树砍回家当柴火，但是树太大了，砍到一半太累了，就坐下来休息，抽根烟。抽完烟以后啊，树又长回去了。于是又开始砍，累了抽根烟，树又长回去了，周而复始……他在月亮上砍树砍了好久，从来就没有砍断过……"

"他砍了多长时间？"

"几千年。"

"阿爸，你砍柴的时候会停下来抽烟吗？"

"呵呵……傻孩子。"

"可是,为什么砍不断,那个人还是年年不停地砍呢?"

"你不是知道《愚公移山》的故事吗?同一个道理啊。"

我似懂非懂地点点头。

父亲还给我讲了一个懒人的故事,说有个小孩,非常懒,饭都不肯起来吃。有一年中秋节,孩子的母亲要回娘家十天,知道他不肯做饭吃,就做了十个月光饼用绳子绑着挂在床头,一天吃一个吃到母亲回家。可是等到第十天他母亲回家的时候,发现他已经死了,十个月光饼每个都只咬了一半。他只要抬头就可以吃完整个月光饼的,但是懒得抬头,咬了一半就咬另一个,结果饿死了。

当然父亲是想教育我要勤劳,不要懒惰的道理。但是,我当时居然冒出一句:"叫阿妈也给我做十个月光饼吧,我一定愿意抬头吃,保证不饿死……"

老屋门口坐着的奶奶和隔壁的大爷听见了我和父亲

的聊天内容,乐呵呵地笑着。父亲气不打一处,从竹椅上跳起来,做出要揍我的样子。我吓得马上跑,从花树下跑到老花树下……回头看看父亲有没有追过来,却望见天上的月亮一直追着我跑。我掩饰不住内心的兴奋,对父亲大叫:"阿爸,月亮追着我跑。"父亲停住脚步,对我摇摇头。但是,我依然为这个小发现欢乐不已。我觉得很神奇,又追着月亮跑,就像歌里唱的"月亮走,我也走……"那个夜晚,我绕着村子大喊大叫地追着月亮跑来跑去,笑声阵阵……

  时间就这样永恒地流逝着,昨天终将被今天替代,月光下那些单纯得一尘不染的笑声,在脑海中盘旋。真的记得吗?曾经,在中秋月圆时,在秋意渐浓的熏风中,有一个小女孩,在花树下的老屋门前跟着月光奔跑,笑着、闹着,伴着树影幢幢,伴着虫鸣花香和远走的梦。

2017 年 9 月 29 日刊发于《劳动时报》

投 墟

置身在宽敞舒适的商场里挑选物品时，不禁想起原来镇上尘土飞扬、热闹的集市。在农村，乡镇集市一般都是方圆好几十里地方的流通、交易中心。在客家人居住的地区，这样的乡镇集市一般都称作"墟"，约定俗成的集市交易日则称为"墟日"。一般是三日一墟，两个相邻镇的墟期不重复，这样就能让买卖双方都有较多的交易机会。比如蓝口、骆湖的墟日是每月农历尾数为三、六、九的日子，紫金、顺天是尾数为一、

四、七的日子，灯塔则是尾数为二、五、八的日子……客家人赶集就叫"赴墟""投墟"。我是灯塔妹子，要投的当然是灯塔墟。

小时候，父亲很喜欢带我去投墟，一大早就推来他那破旧的自行车，将他为我量身定做的小凳子绑在自行车的杠上，再把我抱上去坐好，骑到灯塔镇上逛。我也很喜欢去，因为父亲总是不忘给我买个包子"打嘴"，有时候是豆沙包，有时候是莲蓉包，五毛钱一个，胖嘟嘟的、软绵绵的、热腾腾的，对我是无尽的诱惑。有时候晚了还可以到桥头的云吞店买两碗云吞，两块钱一碗，薄面皮包着馅儿，在汤水里翻卷着，像白云一样好看，入口即化，别提多美味了。

父女俩大快朵颐，每次父亲都会吃我剩下的"口水角"……

一年里，最热闹的就是"开墟日"和"入年假"。"开墟日"是正月初八，由于刚过完新年，人们有钱有闲也爱凑热闹。"入年假"是十二月二十八日，这一天过后，农户都暂停下田工作，专心致志筹备过年事宜。

家家户户开始囤积木柴、食油及过年食品，采购猪肉、鸡、鸭，炸豆腐、蒸年糕、做米粿等，还要将水缸盛满水，米缸装满米。要买的东西非常多，所以这一天是最热闹的。

农户们举家出动，把家里生产的土特产挑到墟场去摆摊叫卖，小商小贩们也见利起早，把城里的生活用品搬运到墟场，不惜口舌推销……附近十里八村或交易或不交易的男女老少都要来凑凑热闹，看看新鲜。一时间，整个墟场上人头攒动，人山人海，随处都是和商家讨价还价的农户或海阔天空闲聊的人群，贩卖农产品的、卖零食玩具的、卖艺的、看戏的、瞎逛的……你挤我，我挤你，如过江之鲫，热闹景象从早上一直持续到太阳落山。

桥头右转直下，是菜行，有水果和蔬菜。有个卖雪梨的小摊，守摊人是个姑娘。她常常一个人在闹市中看书，穿着灰白色长及小腿肚的百褶裙，凉鞋是粉色的，脚趾露出，头发高高扎起。好多阿姨专门买便宜的、烂了的雪梨，回去把腐烂的梨肉挖去，切成小碎片，和冰糖一起煮水给小孩子们喝。——那时候的人没有现在那么讲究,还可称为勤俭持家的典范。

菜行的人行道上常年有个残疾人趴在地上一边挪动一边唱《流浪歌》。父亲说,我就是那个锣食(乞丐)家的女儿,如果我不听话就把我还给我的亲生父母。于是每次经过我都会给他一些零钱,有一次给他零钱的时候,父亲逗我趁机躲开了。"阿爸真的把我还给锣食了……"回过神来的我拼命哭喊,直到看见父亲对着我笑。我拉着父亲的衣角,再也不肯松开。

"回你自己家不好吗?"

"不好。"

"哪里不好?你迟早要回去的。"

"你不要我了吗?"

"你总是哭鼻子,还给他吧。"

"我不回去……"说完,嘴巴一扁又哭得撕心裂肺。

一路走下去,是茶叶行、鸡仔行、猪仔行、笠麻行、番豆(花生)行、衫裤行……顾名思义,什么行就卖什么东西。我最想去的当然是衫裤行。可是父亲在路边剃完头后，就直奔茶叶行。茶叶行卖得最多的是上莞茶，卖茶叶的叔叔父亲都熟悉，一番讨价还价，称好后还会多抓一小把放在袋子里。

手头稍微宽裕的时候，父亲也会带我去衫裤行买衣服，一排一排的衣服挂着，却一年到头都给我买红衣服。这让我十分不满意。有一次试了件浅绿色的外套，非常喜欢不肯脱下了。卖衣服的阿姨趁机抬价，父亲叫我脱下来还给对方，我不依，最后高价买了。父亲数落我应该先脱下来让他讲价的。"如果脱下来了你就不讲价，直接走了……"父亲笑笑，大手牵小手继续逛。

老街有个"火娑婆"，受到惊吓的时候，母亲曾不止一次带我去"火娑婆"那儿。"火娑婆"搓一根艾绳，用火柴点燃其中一端，火苗刚刚蹿起，她张口就吹灭，然后和母亲"同流合污"把我按在凳子上，用还有火星已经焦黑的艾绳烫我的脖子、耳朵、额头……一边烫一边重新点燃艾条，明明灭灭的艾条在我的哀号中发出草香味，只是我无论如何也不会觉得好闻。

我对"火娑婆"的恐惧上升到对老街的恐惧，只要走过那条街,我肯定是要躲的。直到有一天,家门口有个哭泣的漂亮女孩路过,她一边哭一边走,似乎在找父母,但是没有喊叫。村里人说她是个哑女,就是很多年前受到惊吓带给"火婆婆"看,结果烫到哑穴了,所以酿成悲剧。自此以后,母亲再也不敢将我交给"火婆婆"。

政府门口还时常有"走江湖"的人在"耍把戏","在家靠父母,出门靠朋友……"卖艺的、耍猴的表演者,为了看客多扔下几个赏钱,来来回回地表演着笨拙的武功或魔术。我最感兴趣的一次是卖艺人说有人头蛇身的美女可看,就像白娘子一样漂亮。无奈的是父母不让我看白娘子,怕吓着,拗不过我就搬出"火婆婆"来威胁,我只好怏怏地走开。父亲自己却忍不住好奇,看到有人扎堆他肯定要围过去。所以他是看到了"白娘子"的,但是他说白娘子不好看,挺吓人的。

临近散墟,父母才会正式进入主题,去买锄头、犁铧、镰刀等铁器,再买个斗笠、竹扫把、箩索……母亲总是要在买完所有农事产品之后再去挑几斤橘子,因为父亲最爱吃橘子，然后大包小包，满载而归。路上遇见熟悉的人还要唠唠嗑，说说当天的见闻，买了的东西，互相打听下价格，对比着谁买的更实惠，说着说着，就到家了。

走过往日熟悉的街头，墟场还在，早没有了往日的热闹劲儿。而我，会在拐角处的水果摊挑几斤父亲爱吃的橘子，一如当年的母亲。

2018年5月27日刊发于《湛江日报》

忆 冬

立冬的消息,是从朋友圈传来的。只穿一件白衬衫的我有些愕然,"呀,又立冬了?"

我国古代将立冬分为三候:一候水始冰,二候地始冻,三候雉入大水为蜃。可是你看,窗外的阳光多好,一朵一朵落在盛开的三角梅上。想起芳姐对几位诗词老师的邀约——"趁着冬暖花开,到我们的小城走走。"于是,"冬暖花开"这个词在我心中扎了根。

毕竟已经立冬了,我翻箱倒柜开始纠结该怎么穿衣服，穿少了怕冷，穿多了怕被笑话。放眼大街小巷，穿短衣短裤者有之，长裙飘飘者有之，西装革履打领带者有之……有些茫然，不知道自己置身在哪一季。有首歌这样唱："我还是我，哦，你还是你，只是多了一个冬季。"我们恰恰相反，是少了个冬季。

于是，我的心中有个永恒的地址——四季分明的"花树下"。抬头是春，俯首是秋；月圆是夏，月缺是冬。那里是我永远的归依，那里有我最爱的家人，有我成长的每一段欢声笑语。那是一个缥缈的梦，一团朦胧的光，一条通往云端的路。忆冬，也就成了一件浪漫的事。

孤舟蓑笠翁，独钓寒江雪。

天将暮，雪乱舞，半梅花半飘柳絮。

烟霏霏，雪霏霏。雪向梅花枝上堆，春从何处回！

每每读到这样唯美的句子，我对南方不下雪的冬天很是计较，可以说是耿耿于怀。我们的天空，没有雨雪霏霏，没有纷纷扬扬，更别说钓寒江雪了，钓西北风还差不多。虽然如此，记忆中的冬天依然是美的。

夜的美在于一点一点暗下去。父亲做菜，奶奶烧火，再用火钳从炉子里夹出红得"虾公"一般的炭放在火盆里。饭好了，也不用桌子，每人用大碗盛饭，装菜，团团围坐在火盆旁一边"摘暖"，一边将粗茶淡饭吃得咂吧咂吧响。我常常觉得客家话充满诗意，比如将烤火取暖说成"摘暖"。你相信吗？温暖是可以采摘的，像摘星星一样摘在手中，放在怀里。饭后再来点甜点——人手一根红薯。将红薯掰成两半，黄澄澄的红薯肉冒着腾腾热气，甜腻的汁液泛着光就要流到手上，慌乱中张嘴就咬，心满意足，却也洋相百出。父亲常常打趣我："这个傻孩子估计是三辈子没吃过红薯。"我讪笑，在小小的我心中，估计再也找不到比红薯更好吃的东西了。

晚上 10 点就开始跳上奶奶的床。奶奶有个火桶，圆形的，由竖的木条围成，下部略细，上部略粗。内置陶制圆形火盆，烧木炭。在火盆稍上方的桶壁上有两个稍突出的"耳",这是放火格子的地方——一种铁制的隔网。这样火桶放在膝盖上,再盖上毯子,就风丝不透了。睡觉时,火桶放在床的另外一头,将被子烤得暖烘烘的,一边"摘暖"一边枕着梦想入眠。

早晨的美在于分不清月光白还是天边的鱼肚白。没有钟表,但是隔壁的英姐家有架西洋钟,每隔一个时辰响一次,几点钟钟摆就摆几下。只要"当"的一声响,左邻右舍都能听见,都能分辨离天亮还有几个钟。每响一次,左邻右舍的公鸡被吵醒以为天亮了就相继跟着啼,啼一会儿发现天没亮声音就慢慢消退。"这些傻公鸡,谁还指望它叫我们起床!"我嘟嘟囔囔又睡着了。迷迷糊糊钟声又想起,数了数好像是响了六次,又似乎是五次。问奶奶,奶奶起床推开小木窗,月光钻进房间,照亮了她的脸。奶奶说可能是6点了吧,天都亮了。于是急急忙忙起床,叫邻居的哥哥姐姐们去上早读课。

约上英姐、奇哥,路过老屋,路过石板路,路过板栗树,又到了瑜姐家。他们家兄妹四人,叫醒后又进屋子等他们洗漱。然后,他们开始责备我:"才3点多就叫我们起床了……"原来我又搞错了,因为我总是害怕迟到,有些神经质,常常不到点就叫他们起床了。反正都醒来了,总是要搞点"节目"的。大伙儿一起去菜园,大片的芥菜叶子夹着一粒粒白霜,小手轻轻地一小把一小把地拨拉到掌心,用手一抓沙沙响,融化成冰凉的水从指间流出。风呼呼地吹着,时不时还有鸡鸣狗叫,我们咯咯地笑着,心也像手中的霜一样融化在冬天里。

　　玩累了,再到家家户户浇菜的木桶里找冰。每个桶里都会剩下一些水,第二天就会结冰。一整块冰拿下来,圆圆的,亮晶晶,像月光饼。每个大孩子小孩子的手上都握着一块"冰饼",说说笑笑,走到校门口时,天终于亮了。手上的冰也越来越小,直到全部不见了,才往衣服上擦了擦手,哈口气,翻开课本唱歌一般地念:"下雪啦,下雪啦!雪地里来了一群小画家。小鸡画竹叶,小狗画梅花,小鸭画枫叶,小马画月牙。不用颜料不用笔,几步就成一幅画。青蛙为什么没参加?它在洞里睡着啦!"念着念着,第一次开始幽怨地计较：为什么我们的天空不下雪？不下雪我们怎么绘画？在夹着幽怨的读书声中，下课铃声响起。

那时候不知道哪里来的精神，从不午休，围在小屋子的炉火旁，听来串门的大人讲夜自习的情形：三月夜自习下课，到菜园偷枇杷，被大黑狗追得没命跑；夏天用罐子装着萤火虫，用微弱的萤光寻路；秋天用灯盖在煤油灯上烤黄豆，盼星星盼月亮一般等着一粒粒黄豆烤熟；冬天风大，用竹壳包着挡风，有时候干脆在路边抽几根竹篱笆点燃，"摘暖"了再去……这时候的我，真的好想长大啊，到了四年级就可以上夜自习了，就可以在回家的路上偷枇杷了，就可以野营一般和小伙伴们在路上乱窜，为所欲为，却不被家长知道了……遗憾的是，我再也不可能在课室用煤油灯烤黄豆了，我们的课室都有电灯。想到这儿，我就觉得好难过。更难过的是，等我读四年级的时候，为了小学生的安全，学校取消了早读课，取消了晚自习。我注定要平凡地成长了，多悲伤啊，呜呜呜，哭死算了。

一尘不染的小时代终有一天会消失在光阴里，散在风里。想不起来哪一天开始长大,哪一天开始变老。只能给冬天一抹微笑,牵动一份美丽的回忆,犹如林中的黄叶,飘飘忽忽,寻觅那丢失的过往。

  2017 年 12 月 24 日刊发于《湛江日报》

岁月风铃

有女归去来

母亲想回一趟老家,说有事。问她什么事,她支支吾吾答不上来。我猜测母亲的事无非就是侍弄菜园的青菜,喂一喂放养在后山的几只老母鸡,打扫门前的枯枝落叶,再摘一些芒果、黄皮等时令水果回来……

路过那口古老的方井,我对母亲说:"小时候,我总是担心自己会掉下去。这里居然没有护栏,多危险啊。"她说:"我也很担心,那一年邻家的孩子朵朵就掉下去了,幸好被小伙伴救了上来……"走在熟悉的小道上，和母亲有一搭没一搭地说着话。我折一根狗尾巴草去蹭母亲的耳朵，她嗔怪："你还很小是吗？从小到大都欺负妈。"脸上却溢满幸福的笑容。

迎面走来一大伯，正和母亲打招呼："这是千金？""是啊，认不出了吧？"母亲笑答。

大伯转过头对我说："现在长这么高了呀，你从小就手长脚长的。记得你天光（满月）的时候，我在厨房炸豆腐，当时不够油，我就加水，也炸熟了……"

"大伯是在焖豆腐吧？"我笑着逗他。

"是啊，也差不多的了。呵呵，你都长这么大了，认不出来了……大人易老，细佬（小孩）易大……"大伯有些感慨。

我们站在柿子树下，说了会儿话。有阳光透过叶子筛漏下来，一地斑驳，风一吹，影子也跟着跳舞。我们一起说着那个遥远的从前，仿佛就在昨天。

"阿妹，你来了几天了？"大伯问。

我心一沉，继而笑答："早上才回来的，晚上就要下河源了。"

老家有个不成文的规矩,女儿如果没有出嫁,无论年纪多大,回来就说"回"。但是一旦出嫁了,哪怕是刚刚结婚,回娘家也说"来",父老乡亲改口都改得很迅速并且自然。可这一声亲切的问候,在我这个刚出嫁不久的女儿听来却有种生涩的痛感。

那些年,读书、工作,多少次离家,又多少次回家,奶奶、父母、左邻右舍都会说一句:"转屋下了(回家了)?"多少次我都会雀跃地答一句:"转(回)了!"只是,这一路转啊转啊,一年复一年地转啊转,就转为"来"了,我就像远道而来的客人,生疏、不适,却又是不争的事实,无力辩驳。

可是,这里是我的出生地,是我温馨的家园,一草一木都粘连着我的故事,一砖一瓦都见证了我的成长。那些古老的风曾怎样亲吻我的脸颊,那个老屋有我用泥土块画的涂鸦,我曾用水桶从井里挑了多少落日倒进厨房的大水缸,流淌的小河倒映过我多少天真烂漫的笑……我本来就属于这里,回来是多么天经地义。可是一个"来"便把我当成了外人。

我在自己的房间里坐着发呆，房间有一年没住了吧，有些发霉。除此之外，一切都是原来的样子。小学的课本整整齐齐地排放在桌子上，蒙着灰。窗口上的风铃，时不时发出"叮叮当当"微弱的声音，那是小学时一个同学送的生日礼物，当时我不够高，是父亲帮忙挂上去的。床头上贴了个"您"字，两边是龙凤交接的彩色画——初中时一个喜欢我的男生送的，当时不懂，觉得好看就贴在墙上，十几年后他告诉我是"心里有你"的意思，我尴尬笑笑，不管此情是不是可待，当时确实很惘然，也就成追忆了。

有些郁结的情绪无处躲藏。我走出房间，看见奶奶的照片挂在墙上，微笑地看着我。照片的右下角有一行黑色的钢笔字：拍摄于一九九五年八月十八日。这张照片是当时"走江湖"的摄影师路过我们村的时候拍的，父亲为此花了10块钱。那时候我们都喊他"照相的"，当时一卷胶卷能拍36张照片，"照相的"得走村串户，来来回回步行数十里路才能把胶卷拍完，以便及时送去冲洗。村子之间，大部分"路"无非就是几条田埂而已。而当时的农村老百姓，普遍比较拮据，要不是有什么特殊需求，一年到头都难得照张相，因此"照相的"总是很熟悉各家各户的情况：村上有几户有上了年纪的老人的，有几户生活条件好些的，有几户男孩在外当兵的……他都了如指掌，这样他就可以精打细算，更加有效地找到目标。

无论生活怎么艰难，家家户户总是要凑钱给老人拍一张照片，说什么年纪大了，有可能是最后一张了，留个念想。老人们也心照不宣地配合，很是坦然。拍这张照片的时候，我就站在奶奶身后，和父亲一人一边拉着"照相的"那红色的背景布。奶奶端坐在椅子上，有些紧张，一动不动。我说："阿玛，要笑哦！"她就嘴角微微上扬。"照相的"说："嗯，很好，就这样。"然后听见"咔嚓"一声，奶奶才如释重负。

让"照相的"最头痛的事就是碰上胶卷曝光了，所以拍每张照片都小心翼翼。等照片冲洗好，"照相的"碰上晴天就给带来了。大家争先恐后传递着看，长辈们的脸上也会多出许多笑容。

走出家门，来到小河边。我小时候有一次为了追赶一只蝴蝶做标本而狂奔，从长了一棵桃树的河堤上掉到水里去了。奶奶过来抱我，还叫我喝几口河里的水，说掉在哪个位置就在哪个位置喝几口水，就不害怕了。至今我依旧很难理解这么做的理由，或许人生总是会有许多起伏，在哪里跌倒都不用害怕，正视给自己带来恐惧的东西，才能更好地走以后的路。即使我喝了水，奶奶依旧不放心，怕我受到惊吓，又从家里拿来一张红纸点燃，将纸灰扬在河里，嘴里念念有词："阿妹，不用怕不用畏，跟阿玛回家。河公河母，保佑我家阿妹长久长顺。"她说这样被吓走的魂听见了就会回来了……

前几天，我还梦见了那棵桃树，梦见了奶奶。梦是那样清晰，清晰到分不清是醒是梦。可是，如今桃树不在了，奶奶不在了，这里已一片荒芜……

你看，我是多么清楚地记得这里的一切，那么多细节，没有谁比我更懂得和更在意。只是，怎么突然之间，我就成了客人了呢？不觉地想起了晏殊的《浣溪沙》：

"一曲新词酒一杯,去年天气旧亭台,夕阳西下几时回?无可奈何花落去,似曾相识燕归来,小园香径独徘徊。"说不出地惆怅。

转眼,天色已晚。母亲摘了些许黄皮,说要晾干,煲水喝,可以止咳;还摘了许多芒果(不记得这棵芒果树是我种的还是弟弟种的),然后再去菜园里摘了一些青菜。她把这些全都分成两份,让我带其中一份回夫家。我拿起手机,拍下了门前的小河、花树下的老屋,拍下了曾经热闹非凡的晒谷场,就和母亲提着大包小包的果蔬离开家。

终究还是要离开,回不去的地方才叫故乡。只是有谁记得,在这个村子里,多少与我一样的小女孩,在这里长成姑娘,又嫁到了村外,多少次归家被邻里问"来了?"她们也曾和我一样感到无奈和失落吗?

"归去来兮"……我想起了陶渊明的名句。

2017 年 2 月 4 日刊发于《羊城晚报》

故乡祠堂：福分福分，是要分的

故乡之于我，并不陌生。因为父母在老家，即使是工作以后，也是每个周末都回去，可以说我是从来没有离开过。从村头走到村尾，看着那些熟悉的小道，闻着老屋散发着的陈年气味，听父老乡亲亲切地唤着我的小名，我的内心总是会飘忽着许多沧桑之感。不知道从什么时候开始，我非常喜欢回忆从前的事，我的童年，我听过的故事，我遇见过的人。

"抢灯酒"这风俗自有宗祠开始就有，意思和"吊灯""赏灯"是相似的。大凡生了男孩的人家,都会凑钱购买花灯挂在祠堂里,以示"添丁"。从大年二十五开始在祠堂牌位前摆一个小碗,倒些茶油,放上灯芯,点灯。"点灯"谐音"添丁"。在一年里第一个出生的男孩叫"头灯",排在第一个位置,其余的按照出生日期顺序排列。每天早晚都来祠堂里烧香,点灯添油换灯芯,一直到正月十三日,这是吊灯的日子。这一天,添丁的人家都设宴招待亲朋,喜气洋洋,其乐融融。

据说我们"蝉蛴塘"的人是"犬形"的,属狗,狗是要从"狗堆"里抢吃的,抢得越多福气越多,而最有福的人就是添丁的人。于是每年正月十三由前一年生了儿子的家庭(俗称"灯酒公")凑钱买菜买酒,从傍晚开始,"灯酒公"就手忙脚乱地杀鸡宰猪切酸菜煮黄豆……到晚上8点钟就开始在祠堂"零售"——说是零售,也相当于"送",用很少的钱就可以买一大袋。于是父老乡亲年复一年排着队,争先恐后地挤在最前面准备"抢灯酒"。老人说越多人抢说明越兴旺,最好抢得摔破碗打烂酒瓶……这个要买酸菜,那个要买黄豆,这个要 2 毛白酒，那个要 5 毛猪肉……有的人抢得多，有的人抢得少，有的甚至什么都没抢到。次日早上乡亲们见面寒暄："昨天祠堂抢灯酒，抢到什么了？""我有很多酸菜、黄豆，分些给你啊。""我这里也有酒，也分些给你。"老人说：福分福分，是要分的，大家一起和乐融融，都美好，才是真正的有福。我非常喜欢这样的解读，有很深的仁慈和厚道的情怀，想起这样的话，内心总是觉得温情脉脉。正如书上所说的："我们要修的，是一颗真正舍得而慈悲的心。"

鱼塘上方的烟花和着锣鼓声，让这个小村庄变得热闹非常。每年都会从"灯酒公"凑的钱中抽出一部分买烟花，给村里的小孩抢。小时候，我曾站在这里看着大大小小的男孩女孩哄抢，不敢上前。分发烟花的大伯看见我，送了一根给我。其他小孩子闹着说不公平，大伯说再闹大家都不给。当时我没有放，而是开心地带回家，告诉母亲，有个大伯送我一根烟花。

我走进祠堂，当年那些毛币不见了，都是 10 块钱菜 10 块钱酒……挤在最前面的永远是半大不小的孩子，像猴儿一般趴在门槛上。有的小孩不够高,就坐在大小孩的肩膀上。门口有抢到了准备回家的人,也有人刚刚进来,陆陆续续人来人往,好多人……"别乱,别乱,等一下。"吵闹声中夹杂着"灯酒公"的声音。突然看见当年那个大伯提着酒瓶、袋子在排队,心里充满欢喜,拍了拍他的肩膀:"大伯,抢多点,分点给我。"他回过头,嘴巴张得老大,很惊讶:"哎呀,千金你怎么来了?做小孩的时候不敢抢,长大了还不敢抢啊?现在是大人了,要勇敢了……""是啊,不敢抢,所以没福气了。""不怕不怕,大伯分给你。"……我感动得就要哭出来。很长很长的时间过去了,一切似乎都没有变,还是原来的样子,恍惚间有种昨日重现的感觉。

村里流传一句话:"白礁通,有祖婆,没祖公。"白礁村是丁氏祖婆带了个儿子繁衍到今天人丁兴旺的。据说在明朝,丁氏祖婆和她的丈夫子隆公逃难,子隆公走在前面,丁氏祖婆带着儿子抱着一只公鸡走在后面,说好了有分岔路口就放一截绿松枝。子隆公走在分岔路口的左边，可是风把松枝吹到了右边，夫妻俩就这样阴差阳错地分开了。丁氏祖婆带着儿子，抱着一只公鸡疲惫地往前走，走到铜鼓厅下公鸡啼叫。丁氏祖婆说，如果你再啼三声我们就在这儿不走了。公鸡听见，立马啼叫三声便安静了。于是他们就住下了。

后来丁氏祖婆的儿子生了三个儿子。大哥是"虎形"的，二哥是"犬形"的。两个宗祠非常近，有算命先生说狗是打不过老虎的，总是要被老虎欺压，宗祠会兴旺不起来，于是教了二哥一个方法：每天晚上都去大哥家喝茶唠家常，风雨不改，到年三十晚的时候就假装摔一跤。大哥问："怎么衣服都那么脏？"二哥说："来的时候路滑，这条路太难走，修一修吧。"大哥同意了以后，二哥用石头铺了一条路，弯弯绕绕，把大哥的祠堂都绕住了，再和形似"狗堆"的方井连在一起。老虎就被铁链锁住了，方井就是那把加固的锁。

每次和父亲走过那条石子路，他都要给我讲这个故事。我说："这样不好，两兄弟互相算计。""这只是传说而已，你别那么当真。"我的确很当真，因为有石头修葺的路为证,有"狗堆"为证,有祠堂屋梁上的"石狗"为证……很长一段时间里,我都很介意,我居然是那个坏人"二哥"的子孙后代。这让我只要一走在这条石子路上,都有很深的罪恶感。我也曾和小伙伴讲过这个故事,我们常常放学的时候挖石头,说什么把人家老虎困那么多年,太不应该,我们要替老祖宗赎罪,把老虎解禁出来。结果总是在下雨天的时候听见大人骂骂咧咧的声音:"哪个打靶鬼,把路挖得坑坑洼洼……"我们听见,相视一笑,沉默着谨慎走开。

正月十八我又跟着母亲回祠堂圆灯。圆灯其实就是化灯,也有地方称暖灯,将挂在祠堂上的花灯拆开烧,烧之前大人小孩一起哄抢。记忆中的这一天,我是一定会来抢"公鸡"的,"公鸡"是花灯上的漂亮图案,谁抢到了可以在小伙伴面前炫耀一个月。每个人都要抢点什么回家,把吉祥如意带回家,把美好祝福带回家。母亲最后拿了个红色纸条用利是封包好,回到老房子,放进她房间的抽屉。这一天祠堂会设宴,所有"灯酒公"的家庭要聚在一起热闹庆祝。

席间，我看到祠堂上刻着字，大意是：明朝初，即公元1368年，白礤开基一世祖子隆公，字祥兆，妻丁氏、陈氏，原籍福建省象洞村人。由于时势造化，带着家眷及儿子政念公来到广东省河源县灯塔地方，行程匆匆，子隆公、陈氏先行迷路走失方向（后来得知又回到福建省老家居住），丁氏母子二人只好顺路行至白礤村，在铜鼓厅下避难住下。后来在此定居，垦荒种田，衣食饱暖，生活逐步改善。政念公长大后，娶黄氏生育下三个儿子，长子石宗公长大成家后分住在上塘"蝉蜍塘"，二子远宗公长大成家后分住在"下牛羊"，三子满宗公长大成家后分住在中塘"上马石"。

石宗公的裔孙六世祖德成公，妻曾氏、梁氏，初来"蝉蜍塘"时用火砖、石头做墙基，建起一栋三进的围龙泥砖瓦屋，称之为"犬形"。门前有一口半月形鱼塘，鱼塘前面有一口井，称之为"狗堆"。后代子孙为念宗敬祖就安放香火堂为"德成公宗祠"。

那么久了，我居然从来没有注意到墙上刻着字，实在不应该。原来，"白礤通，有祖婆，没祖公"是真的。

但是，我们祠堂的德成公是大哥那一支，那么那个用铁链锁住大哥的传说是假的。这个发现，让我特别开心，我们的祖宗是愿意把福气分给他人的人，一定是慈悲善良的。我牵着母亲的手，走在曾经的石子路上，似乎听见有人对我说，福分福分，是要分的……

刊发于《侨乡月报》2018 年第 5 期

茶滋味

我从小就喜欢喝茶，这看起来倒是一件挺文雅的事。但我对茶却没有任何研究，总觉得茶叶是与生俱来的东西，家家户户都有，而且都放在最显眼的位置，一进门就能看见。端茶倒水有许多规矩，有客人来，要泡上一壶暖暖的香茶，倒在小杯里，恭敬地端在客人面前，而客人则双手接杯。每次给客人添茶水的时候，客人会以手指叩桌，以表示感谢。大人有交代"酒要满，茶要半"，倒满杯的茶是对客人的不敬。我对此很费解，一次性倒完不更省事，还要半杯半杯地添，真是麻烦。问他们原因，也说不出个所以然来，动不动还拿出大人的姿态训人："反正老祖宗传下来就是这样的，大家都这样的，不准那么多话。"读书识字后查资料才知道，倒酒要满是古时候的规矩，因为古时候很多人在酒中下毒取他人性命。如果是满酒，大家在碰杯的时候酒就会溅入对方的酒杯中；如果不是满杯，在碰杯的时候酒是不会溅出来的。这个规矩一直沿用至今。

大人又说"酒头茶尾"，因为泡茶是水和茶叶一起倒进茶壶里，最后一杯茶是最浓的，所以最好。这么说是不是越浓就表示越尊敬呢？若按此论，那么端茶的时候是先端给长辈好，还是最后端好呢？真伤脑筋。

我家对面的山上种有茶叶，是我那去世了的祖父种的。我没有见过祖父，关于祖父听得最多的就是他爱喝茶，村里人都知道他喝得多，也急，一杯接着一杯。他无论从哪里回来，也不管是不是大汗淋漓，马上煮茶。有一次，族叔怕他喝得太急了伤胃，就在茶壶里扔了一小把米糠。祖父很生气，又不舍得倒掉，只好细细地将米糠挑出来，挑完后，气也顺了，也开始明白族叔的良苦用心。原来，祖父活着的时候就已经是个"茶鬼"。每年扫墓大家都带酒，唯独我家带一壶茶。

记忆中有一次去采茶叶，兴奋得几天睡不着。那时候听说去"摘茶"，觉得新鲜，以为是什么好吃的东西，哪曾想辛辛苦苦绕过山路十八弯才知道是来摘树叶的，大失所望。我将其中的一棵茶叶树的叶子一片不留地摘下来，父亲看见光秃秃的树枝，哭笑不得。这应该不能怪我，柿子成熟时是整整一树柿子果都摘下来的，枇杷成熟后也是如此。同理可证，摘茶叶也是这样吧？

印象里也只看见过父亲炒过这么一回茶叶。茶叶采摘下来后盛放在干净的竹篾筐里。把茶叶薄薄一层摊开，不叠叶，将水汽晾干，便可下锅炒制。我在火炉里烧柴火，大锅烧得很旺，父亲将新采的茶叶倒进锅内，双手快速翻炒，使茶叶均匀受热，怕稍迟缓会炒焦；手指被烫得迅速弹开又重新降落，嘴里时不时"哎呀"一声。我看着揪心，嘟囔道："自找麻烦，那么辛苦，是我就宁愿去喝井水。""你不说，没人知道你懒。总是懒人说懒话。"又被乘机训，我只好撇撇嘴，继续烧火。

待到茶叶的水分大量蒸发，颜色变暗，有茶香飘出时，父亲将茶叶放入簸箕中摊开，命我将柴火抽出一些，让火小一些，然后将茶叶倒入锅中复炒。此时要双手展平拍打，紧压茶叶，使茶叶固定成形，既要搓成卷曲形，又不能用力过猛，以免揉烂。接着，我就不用继续添柴了，父亲将茶叶摊平在锅中，用铁锅的余热烘焙，直至茶叶散发出沁人的清香。最后，茶叶完全失去了水分，扁平挺直，色泽黄绿黄绿的，有清新的茶香飘出，便可出锅并封存好。

花生饱满后接着就是稻穗黄，这个时候，扔一小把茶叶到大瓦壶里，烧开，再带到田地里，就可以喝很久。卷曲的茶叶在茶壶里完全展开，如果不是色泽有些变化，和新鲜的叶子没什么差别。夏天太阳火辣辣的，一杯淡淡的茶水滑过干渴的喉咙，柔滑到心底，五脏六腑都被浸润。如果说有什么比较惬意的时候，就是夏夜里，在晒谷场上一人手里捧着一盅茶水，左邻右舍一起坐着聊天，谁家的花生收成好，谁家的田里多杂草，谁种田没经验,谁又总是懒得跑……说来说去都是这些小事,小蒲扇摇啊摇,就把夜摇深了。

又或许在冬天,霜降时节,一家人守着一炉炭火,再在炭火上煲一壶茶,一来可以给茶保温,二来可以蒸发些水汽,让屋子没那么干燥。腾腾的雾气,让冬天也跟着温暖起来。我喜欢这样的日子,一家人相守在一起,但是我不爱喝这样的茶,太浓太烫,但是父亲爱喝,倒在茶盅里,大口大口地喝,似乎只有足够烫才能驱散冬天的寒冷。

第一次喝功夫茶,是和几个前辈,在一个茶坊。泡茶的姑娘绑着发髻,穿着素白的衣服,眉目清秀,浅浅地笑,像极了电视里演的小道姑。她娴熟而轻柔地泡茶,每一个步骤都有很好听的名字:首先是"白鹤沐浴",其实就是洗烫茶杯;然后是"香茗入宫",将茶叶放入茶具中;再是"悬壶高冲",水壶提起,将沸水高高冲入茶壶中,旋转茶壶,让茶叶充分翻转;接着是"春风拂面",即用壶盖刮去浮在茶面上的泡沫;紧接着是"关公巡城",将精致的青花瓷小茶杯一字摆开,将茶汤顺序倒入杯中，巡回分茶；最后是"韩信点兵"，将最后剩下的茶汤均匀分配，一杯一滴，平均到每个人的茶杯中……整个过程极其优雅，大家都很安静，只有周围弥漫的轻柔音乐的声音，轻轻抿一口，香气满逸。在乡下成长的我第一次目睹这么讲究的泡茶方式，不禁想起《红楼梦》里最爱茶的妙玉。有一回她给众人煮茶的时候用旧年的雨水，而单独请宝钗、黛玉喝茶的时候，冲泡的水是她五年前住在玄墓盘龙寺时落在梅花上的雪，用瓮盛装，埋在地下五年才打开来吃，笑斥黛玉是俗人，将梅花雪水误识为"旧年雨水"……眼中浮现的是那个妙龄女孩小心翼翼收拢梅花雪的情景，唯美到极致。

因为等太久，实在是有些口渴，旁边的前辈们正在谈王阳明、谈心学、谈格物致知，我不好意思将杯中茶一口喝完，只好附庸风雅轻轻地置杯于桌上。回忆起很多年前和父亲的对话，喝茶太麻烦还不如喝井水，兀自笑了。我这个慵懒的俗人，还是更喜欢那些年大咧咧喝茶的自在惬意，即使那时的茶水苦苦的，涩涩的，却有畅快淋漓之感。

  慢慢地,我开始明白:在纷纷扰扰的世界里,给自己一段时间,和友人、和家人一起品一壶茶,也是挺好的。轻轻啜一口香茗,任凭那润滑清淡的滋味在舌尖翻滚,细细品味茶中的浓香,让自己内心归于平静。一个人一种活法,粗茶淡饭是生活,精致优雅是生活,你有你的清新自然,我有我的闲淡自在,互不打扰,互相包容,各自美好。

2017年3月13日刊发于《湛江日报》

一个人散步

夜幕低垂,华灯初上,月光铺在草地上一地斑驳。我独自一人,走在小区的花园里,有些微微的凉意,秋毕竟是渐渐浓了。之前认识一个电视台的女孩,同住在一个小区,我们经常相约一起散步,可是每次我有空,她却忙碌;她约我的时候,我又走不开……慢慢地,我发现散步其实是一件很随心所欲、很放纵自我的事情,假如为了相约散步而放下手中的工作,彼此都会觉得有些刻意和疲乏。猛然间,我觉得一个人散步其实挺好的。

和朋友一起散步，可能大多时间都在聊天，唠唠家常，说说八卦，谈谈遇见的人和事什么的。一个人散步，眼前有铺开的风景，思绪可以飞扬，会更加专注欣赏路上的景致。花圃里的龙船花不厌其烦地盛开，这样的季节也没有看见凋零的痕迹。想起一个闺蜜和我说过，龙船花也叫绣球花。乍一眼看过去还真像一个绣球，伞房状的花序近球形，小花密密匝匝……这很容易引人遐想，似乎是哪个待字深闺的女子，在某个闪亮的日子，抛出手中的绣球，在单身男子哄抢的过程中，洒落一地绣球花的种子，于是芬芳满园……

茉莉花也还在开，白色的茉莉似星星点缀清冷的夜。我年少的时候跳过一支舞《茉莉花》，我们没有道具，就漫山遍野采撷山稔花。歌声响起，我们舞落满教室的稔花儿，舞动着童真，不知花落知多少。

轻巧地踩着记忆中的片片落花，不知不觉又走到假山旁，这里有人造的小溪，逼真得难以分辨。月色朦胧，我从秋走到夏，仿佛听见虫鸣鸟叫，蛙声一片……故乡的稻田，是徐志摩说的那种软泥。我经常会来这里走走，吹吹风，闻闻花香。这个季节已经听不见蛙鸣了，但是依然有流水的声音，依然会有一种"小桥流水人家"的错觉。人总是很奇怪，那么努力地奔出生长的小山村，却又极力制造许多假山假河，模仿乡村的样子，制作出一种从未离开还在那个僻静的田园的假象……人类，到底是充满怀旧和眷恋的。

夜，恬怡温和，所有的安静、纯美、真实都飞奔而来。可以轻哼一段喜欢的歌，不会因五音不全显得难为情；可以戴上耳塞去"喜马拉雅"听一段有声书；可以构思一篇清新的小文，回家后写在粉红色的笔记本里……即使什么都不做什么也不想，静静地走着也是好的，至少这是属于自己的时光，信马由缰，走到哪里算哪里，惬意，放纵，不被打扰。也许因为平素里时光很少是完全属于自己的，每天上班、下班，买菜、做饭……日常的琐碎把时间填得满满当当，有太多需要去做的事情、需要去理解的人，甚至来不及反思一天的功过成败，第二天又开始了。而人与人之间的相处又是极其微妙的，有在意，有生气，有伤心，甚至会有妒忌，会渴望逃离。

这一刻的静谧足以让人真正地放松,美好地畅想。

眼前是一汪莲池,池旁边有石米做的座椅,供路人小憩。悠然自得地坐在椅子上,既可观赏池中莲花,又可以托腮静思遐想。最喜欢并蒂莲,小时候听见"在地愿为连理枝",就觉得十分美好,抑或是我对长久婚姻的一种渴望吧。此刻不由得想起王勃的名句"牵花怜并蒂,折藕爱连丝"。并蒂莲在唐代是祥瑞之兆,除寓意外,观赏价值也极高。池中还有在晋隋时期被公认为荷花珍品的品字莲。品字莲也叫千瓣莲,雄蕊和雌蕊都产生花瓣,花瓣数量达千枚以上。这千枚的花瓣,让人浮想联翩。

夜露沾衣,我出来多久了?该回去了。家里的洗碗盆里还有一堆碗碟等着我。现实生活就是这样,雅和俗并行,劳和逸同步。

因为不想走回头路,便从小路的尽头绕道回家。没想到路的尽头还是路,没有障碍物,视野开阔。远山含黛,在月色的投影下呈现出奇形怪状的轮廓,像一幅抽象派的画卷……不管胡思乱想了些什么,夜终究是深了,整个花园就剩下我和这一地凉如水的月光,月光下我的影子被拉得很长很长。世界此刻如此静寂,我的心是柔软的,软成一阕最温婉的宋词。

2016年11月6日刊发于《湛江日报》

土里土气的爱

我姓冯,名燕花。有位朋友曾经这样调侃我:"这个名字真是土到掉渣,一听就是一大嗓门的农村大妈,穿着厚厚的花棉袄,顶着一头零乱的头发,可能还沾着草籽……"虽然是开玩笑,也让我的忧伤蔓延得无际无边。

"我只能来这世界一次,请再赐我一个动听的名字,好让他在夜里低唤我"。每当读到这样的诗句,我都要难过好久。每次读《红楼梦》,看到袭人、晴雯、麝月、碧痕、琦霰……我真恨不能成为宝玉的丫鬟，好让他给我取个这么诗情画意的名字。

据说在古代，男孩子长到20岁的时候要举行"结发加冠"之礼，以示成人，这时就要取字。而女孩子在15岁时要举行"结发加笄"之礼，以示可以嫁人了，这时也要取字。我又恨不能生长在古代，待到15岁的时候，慎重地取个字也是好的。

我从小就嫌弃我的名字，满村都是莺莺燕燕、花花兰兰的，村口一喊一堆人答应。我曾对父母给我取名字那么潦草的态度表达过强烈的抗议："你们就不能认真点？请个族叔查个字典什么的？是不是因为我是女儿，就重男轻女，胡乱叫个名算了？"

"开始的时候叫你大伯父查了字典的，你五行缺金，本来叫金花的。后来有个电影《五朵金花》，整天说金花找阿鹏，怕你被别人笑，就改成现在这个名字。"我倒抽了一口气，这还是查了字典的，应是很慎重的。我还能说什么呢？

小学的时候，本来是要去改名字的，但是改一个字要 100 块钱，当时像割肉一般心痛，不舍得，只好想着以后工作了再改吧。这个决定真让我肠子都悔青了，工作后，各种证件、银行卡……再改已经很烦琐，诸多不便，也就放弃了。

我的同事朋友都很喜欢给我胡乱取名，比如"放烟花""花姑娘"……其中"花姑娘"最为盛行，个个叫得都很顺口，可是真的很难不让人联想到电影里那些鬼子笑着流口水的画面……我一方面要学着大方接受，一方面心痛到内伤。

后来给自己取了个笔名"燕芷"，发表文章什么的都用这个名字，文友几乎都以笔名相称。凡是拉我入群，只要群主勒令要改真名，我就悄然退场，再好听的笔名都要输给备注。一年多的时间里，很多人都不知道我的真名。天地良心，真的不是我不够真诚，而是这个名字常常让我内心波涛汹涌。每当大伙儿"燕芷""燕芷"地唤我，我就心生欢喜，正如大观园里的"海棠诗社"，都是怡红公子、潇湘妃子、蘅芜君、稻香老农、菱洲、蕉下客、藕榭、枕霞旧友……

如果说名字是一个愿，那么这是我自己的愿。芘是一种草，是燕子眷恋的窝，是家。不管附庸风雅也好，深藏着自己美好的心愿也好，都是一件让我觉得快乐的事。

一次偶然机会，参加省作家协会举办的一个散文创作培训班，为了方便老师点名，不得不使用真名，发现我们这一组就有三个叫花的。有一节课，我和一个叫琼花的同学同桌。课间十分钟的时候，我问她："你曾经为你的名字怨恨过你父母吗？你有没有想过改名？"她笑着说："怎么没有？我为这个名字和我妈闹了好久。"

于是话匣子打开，她说她从小就想改名字，但是妈妈不同意，因为《红色娘子军》里有个叫吴琼花的，很坚强。妈妈希望她也这么坚强，每次闹着改名字都骗她说改不了。可是每次自我介绍的时候总有人会提起《红色娘子军》有个吴琼花……郁闷得什么话都不想说。有时候，你心里本来就很在意，根本就不愿触碰，可是别人总是会不经意就帮你提起。"哎，你说工作人员是不是故意的？把我们三朵花安排在一组。""嘻嘻，估计是。"

这是一个让我有深度共鸣的话题，原来每个叫花的姑娘，内心都有一个心结。聊到最后付之一笑，毕竟都已成长，开始释怀，名字都是父母给的，寄托着他们最美好的愿望。

回到家，我跟父母撒娇："给我取这个土里土气的名字到底'有何居心'？"父亲说："这名字怎么不好听了？我觉得最好听了。"母亲补充道："村里大把叫这个名字的，不好听大家怎么会取同样的呢？"说着说着母亲有些生气了，她或许以为我和从前一样介怀。"这名字哪里不好听了？我们就希望你像燕子一样温暖吉祥，长得像花儿一样好看，有什么错？你看你长得多好看啊，像一朵花一样了，还不是这名字的功劳？再说，天底下的父母都觉得自己的孩子是最好看的！我们都是一辈子和庄稼打交道的农民，能取多高档的名字？名字再好听，心肠不好也没用。"

我一乐，开始逗她："那我心肠好不好？"

她佯装生气:"整天怪我们,坏透了。"

"嘻嘻……"

这个世界上有的人,想给你摘下漫天的星光,照亮你前行的诗韵;想给你鲜花铺地,芬芳你孤独的旅途;想给你满竹子的梦想,摇曳你不安的夜……可是,他们竭尽全力,却只能这样土里土气地爱你,给你一个土里土气的名字,却是饱含深情爱意与祝福。

  2017年2月17日刊发于《湛江日报》

夏 雨

不知道是雨下了一整夜,还是醒来时刚好又下雨了。在半梦半醒中,雨是一直下着的,时大时小,时高时低,时断时续。有时像一首安静的小曲,婉转而轻巧;有时又像急促的敲门声,吵得人心烦意乱。这个时候我脑海中根深蒂固的农民意识会不自觉地爆发:我会静静地听,生怕墙角有掉队了的小鸡在瑟瑟发抖地叫着;会伸出手去接,怕有雨从屋梁上漏下来……听雨,本是一件多么高雅的事,却在我的隐隐不安中演变得充满泥土气息。

记得少女时代读《红楼梦》,读不懂黛玉葬花,却记住了她喜欢李义山"留得残荷听雨声"的诗句。我们的房前屋后没有荷,但是门前有梧桐树,有芭蕉树。细细听,雨打在芭蕉叶上和打在梧桐叶上的声音是很像的,一样的滴滴答答,一样的清清脆脆,一样的大珠小珠落玉盘。不知道这和林妹妹残荷上的雨声有何不同。

梧桐花开时,枝头簇拥着朵朵洁白的花,缕缕淡淡的清香夹杂在甜丝丝的雨里。一夜风雨后,第二天早上就会厚厚地铺在泥地上,洁白如洗。此时此景,倒是想起一个姑娘,她眉蹙春山,眼颦秋水,面薄腰纤,袅袅婷婷。她是《红楼梦》中的龄官,在蔷薇花架下哽噎着,一笔一画地画"蔷",画完一个又画一个,已经画了有几十个"蔷"。那是她意中人的名字,藏着她无限的心事。一阵凉风吹过,唰唰落下雨来,她也浑然不知。

如果村里有个姑娘要在花下画一个人的名字,我希望是在一个雨过天晴的蓝天里，在梧桐树下，在厚厚的白花瓣里慎重地写下自己的心事。——那应该是青春最美的记忆。

夜雨，更多的是留给人去听，去回忆，去想象。而白天的雨，特别是顷刻而至的雨，总是会霸道地将人困住。现如今，不会在雨天等谁送伞，就像平时遇见困难不会怎么去求助。因为不确定，那些人是不是和自己一样，常常困在风里雨里，困在生活的泥沼里，自身难保。

我撑开伞，又停下，这样大的雨即使有伞也是会淋湿了自己。那时年少，不管多大的风雨，依旧会不管不顾往前走，忘记了带伞就在雨中奔跑，常常因此感冒。听说，当一个人会在不下雨的时候依然自备一把伞，他就真的长大了。这时候，是要自嘲一番：对于我来说，不是长大，而是变老。过了伤春悲秋的年纪，但脑海中总是会蹦跶出许许多多伤感的句子，常常有一种"自在飞花轻似梦，无边丝雨细如愁"之感。至于愁什么，似乎不必言，不可言。

雨开始变小，太阳出来了，明明亮亮地照着这个雨的世界。树木像剪子，将一地的阳光剪碎。有风吹来，一小片沾着雨滴的粉花落在格子裙摆上，心情有些潮潮润润。当一场雨遇见另一场雨时，我和花遇见，看着来来往往淋湿了的雨中人和树木……感谢的是，阳光是淋不湿的。

2018年7月29日刊发于《长江周刊》

门前那条小河

我家门前蜿蜒着一条小河,那是一条最会拐弯的河流,拐到哪里哪里就芳草萋迷,花开不败,蜂飞蝶舞……小河边上有一棵桃树,它总是在春节那几天准时盛开,小朵小朵的花,慎重地开着,单瓣,淡粉,清清浅浅,略显单薄。我曾安静地聆听这一树粉花的私语,我不知道她们是不是往年那些花,隔着一个春天,为我重新开一次,也许会有花仙子在枝头,浅笑盈盈。

奶奶说,我是她在河边洗衣服的时候捡来的,上流漂下来一个木盆，木盆里垫着稻秆，稻秆上有一个用红布卷着的婴儿，那就是我。（我对这个故事深信不疑，因为我家真的有个木盆。）潜意识里这条小河对我极其重要，它给了我生命，我自顾自给它取名叫"重生"。我喜欢沿着这条小河游荡，浅水处，蹚水；深水处，岸边走……拔一截最新的竹叶尖，咬一口乳白色的叶片，酸酸涩涩，直皱眉头；蹲在草丛中摘一摘野花，绑成一小把，插在头上，孤芳自赏；扒拉许多剥节草（一种用来刷锅的草），带回家等待奶奶的奖赏。

我时常坐在小桥上，垂下双脚，拍打着急冲冲往前赶的河水，小脚丫一撩，就把水踢回去了，待我以为刚刚那拨儿水又来到我脚下时，我再一蹬，又蹬了回去。水花溅溅，我就这么轻而易举地挡住了一条小河的去路，只要我乐意我还可以继续挡下去，自顾自地偷着乐。我曾久久地凝视河边的水草，绿油油，叶子笔直向上冒，叶尖上有时还挂着细细的水珠，色彩斑斓的水蜻蜓合拢了翅膀停歇在上面。风，轻轻吹过，蜻蜓和水草一起微微倾斜，平淡轻盈的幸福如天边的浮云飘过，让我的童年时光甜蜜得不可思议。

水草下面藏着鱼虾,藏着石螺,我拿着渔网在水里扑腾,有时候伸手在水里摸石螺。我的玻璃瓶里游离着几个小鱼小虾,沉淀着一两个石螺,漂浮着一两片草叶。我一边忙活一边编故事,讲给小草听,讲给小鱼听,讲给小河听……小河听着听着就笑了,哗啦啦地向前奔去。

我再回到家乡,待在小河身旁,喜欢安静地坐在坐过的地方,重叠着现在与过往;看着河流缓缓流淌,才知道当初的自己是多么幼稚。希腊哲人说:"濯足急流,抽足再入,已非前水。"孔子曰:"逝者如斯夫,不舍昼夜。"春去秋来,过去一年就逝去一年的时光,没有一朵花会是过往那一朵,为谁重新开放。物如此,人亦然,我在一天天成长,也在一天天老去,就像大米回不到抽穗的水稻,我再也回不到年少。

现如今,多多少少会感受些人情冷暖,人来人往,不觉又开始思念门前的那条小河。"心若疏远,其言犹如三秋之树萧条。心若亲近,其言必如流水般自然。"

水,是多么微妙的东西,它似乎总是可以给为尘世所累的人一些哲思。蓦地,就有了属于自己的思索:水若净,则世间一切皆净;水若浊,则世间一切皆浊。感谢门前那条小河,她养育了我的身体,也是我的精神家园,一如她的弯曲回旋。正如先贤所说的,"上善若水",不强求,不索取,不抱怨,感恩生命中的每一份际遇。

2016年10月18日刊发于《湛江日报》

母　亲

　　我的母亲是个聪慧的女人,从小就勤快好学,长得也好看,遗憾的是母亲很早没有了母亲。没了母亲的母亲,是跟着哥哥嫂嫂长大的,而哥哥嫂嫂孩子多,养活一大家子人不容易。据说我母亲的眼睛是被蜜蜂蜇坏了,这跟没有母亲照看是有关系的。被蜇坏了眼睛的母亲看东西不太清楚,尽管她成绩好,最后还是退学了。

　　母亲到了谈婚论嫁的年纪,有许多人来说媒。其中有一个"有单位"的城里人相中了我母亲，往来过几封信，也算是情投意合。最后一封信约我母亲某天在街镇上见面。他在信中说，要买布匹给我母亲做衣服，如果没什么意见的话就去登记结婚。他还承诺不用我母亲干粗重活，保证让母亲过得幸福。可惜，那封信到了我母亲手上的时候，已经早过了相约的日子。原来是舅舅偷偷地把那封信给扣了下来，他担心母亲眼睛不好，怕成家以后被对方嫌弃，受委屈，毕竟人家条件好，有单位。我不知道母亲事后有没有埋怨或难过，她说起这段往事的时候总是轻描淡写的。她说如果舅舅没有扣下这封信，她可能就不会嫁给我父亲，也就没有我了。而我父亲是全村最穷的人，我常常觉得如果不是我母亲眼睛不好，没得选择，估计这辈子父亲都娶不上老婆了。她说过一句很诗意的话——"人在青春有几年，花开时期有几天"，多少道出了她些许的失落与怅惘。

从此，母亲就守在我父亲身边，守在这座小小的村落里，守着守着就是大半辈子了，"灶台锅尾"成了她生活的主要内容。我总是很自觉地把母亲和炊烟联系在一起，不知道是因为炊烟带走了母亲的梦，还是母亲的所有劳作都和炊烟有关。其实我母亲"灶台锅尾"活做得并不好，一个视力障碍近乎残疾的人，又能苛求她如何？我奶奶知道她眼睛不好，心疼她，能帮的也都帮了。但是毕竟是穷苦人家，她要做的事还是好多。母亲砍柴、割草，都是跟着父亲的，要过独木桥的地方，父亲会帮她一把。母亲跟我讲过她的经历，比较惊险的一次就是在水库对岸，父亲砍树，她收拾树尾做柴火。那时候有规定不能滥砍滥伐，但是杂树是可以砍伐的。有一次打滑，她看不清路，从山上一直往下滚，滚到水库里去了，还好她慌乱扑腾中抱住了一块浮木，父亲见状，飞也似的跑下山，把母亲救了。后来他们再也没有到过那片地方，说那里有邪气。我听得战战兢兢，因为我的一个好朋友的父亲就是在那个水库里淹死的。每当我和好朋友坐在水库边的草地上看那一湖幽蓝的水，我总是可以从她忧伤的眼中看见自己的恐惧。这一湖吞没了她父亲的水，也差点吞没了我的母亲。

母亲说我满月的时候，没有钱买营养品，她就和父亲到山上去砍了柴，劈好，打算挑到骆湖镇去卖，然后给我买包"淮山米粉"。因为怕被没收，天还没有亮，3点多就躲躲藏藏地出发。她眼睛看不太清路，只能跟着父亲一脚高一脚低地摸索着前行。结果走到"马路"那里，还是被护林员没收了。说起这个场景的时候，她还是会掉眼泪。她说当一个人穷得没米开锅的时候，哪里还会想什么保护森林，只是想尽一切办法养活这个家。我没有说话，我只是心疼那个看不清路的柔弱女子，掉着眼泪，空着手跟着丈夫回家，心里一定也是空落落的吧？

我12岁左右就学会了和她一起上山割鲁基（一种蕨类植物，可当燃料）。客家农村普遍使用大口灶，配上大锅头，煮饭、炒菜和热水冲凉全都离不开它，于是鲁基草成了我们农村人的主要燃料。割鲁基看似简单，做起来却不易，它有一道道的工序：为了把鲁基捆绑得更加结实，首先要用竹篾捆绑，再用绳索捆绑。竹篾是竹子砍下破开削割成条状，再把一条条劈开的竹篾绕成环状交叉编织在一起，挂在干燥的地方。上山割鲁基时先将竹篾放到小河里浸泡，直至浸透为止，目的是捆绑鲁基时不易折断。一般都是农闲时节的下午，太阳没有那么毒的时候，挑着竹竿，竹竿末端缠着镰刀、竹篾和钩绳，就往对面的山上去。

我们找到鲁基长得茂盛且地势不陡的地方，就开始窸窸窣窣地开镰。我割得很慢，很小心，担心会割着手；而母亲的动作则干脆利索。她明明看不清，不知道怎么做到的。我问她，她有时候不回答我，有时候喝口水歇着的时候会和我聊几句。"都嫁给你父亲十几年了，每一座山，每一个坑，每一棵树，每一片鲁基都熟悉得不得了，该摔跤的地方也摔过了，该注意的坑现在也会注意了，都是'脚下路'，不会有事。"她一面说，一面挥动手中的镰刀，窸窸窣窣动作连贯，不一会儿，鲁基便纷纷揽入她的怀里。待它们在她怀里堆满了，她就把它们放倒在地下，抬抬头，擦擦汗，又开始了新的一轮。不一会工夫，她身后就放倒一片。因为母亲的勤劳，老屋的柴房、屋檐下堆满了干燥的鲁基。她说农家人堆满了柴草才安心，整个冬天烧火就不用愁了。

我家门前是一条小河，那个时候还没有桥，间或竖几个大石墩就成了跨步的桥了，一步一步踩着石头过河。我清楚地记得有一次，上流漂下一节香蕉树干，刚好浮在石头旁边，母亲以为是石头，一脚踩在香蕉树干上，连人带鲁基整个滑落到水里去了。她在水里挣扎的时候，我把肩膀上的鲁基扔了跑去拉她，大声呼唤父亲过来帮忙，父亲听见了赶紧过来。掉到水里的鲁基很重很沉，只有父亲能挑了。母亲和我走在后面，她问我："妈是不是很没用？什么都帮不了你爸。"她很是沮丧和自责……

仍记得，我家门前的晒谷场上，农闲时晒的都是鲁基，一排排，一层层，像铺就一片烟云。我常常想象那一排排一层层的鲁基最终化成一缕缕炊烟的情景。时至今日，我似乎又看见鲁基化作屋顶的炊烟去追赶飘逝的往事,去追赶我对慈祥母亲的许多远去的记忆。

2018年9月27日刊发于《汕头日报》

永远的乡愁

时至今日，谁都不能否认自己生活在朋友圈里。我们在朋友圈里回忆二十四节气，在朋友圈里过父亲节、过母亲节、过情人节，也在朋友圈里悼念一位诗人的离开。所以那天中午1点钟，朋友圈铺天盖地而来的除了余光中先生逝世的消息，就是那首脍炙人口的《乡愁》。对比之下，我的反应似乎有些冷，心里只是默念一声："哦，老人家走了，一路走好！"

余先生的前半生，可以说是颠沛流离，遇到两次战争。第一次是日本侵略中国的战争,炮声一响,母亲就带着9岁的余光中逃亡到南京。一路上为了躲避日寇追捕,母子两人睡过草地,钻过狗洞,睡过佛寺大殿的香案下,也睡过废弃房子的阁楼上。母亲安慰他:大难不死,必有后福。而余先生却说:其实大难不死即福,又何必说后福呢?

这么说,大难不死后所有的日子都是赚来的福。我无意去陈述余先生的生平,却真的从书中读到过他后来日子里非常温馨的一个画面:2006年,余先生来到成都杜甫草堂,看到有一面石碑上刻着他的诗歌《乡愁》,情不自禁地念出声来,当念到"我在这头,新娘在那头"时,他调皮地喊道:"我的新娘在哪里呢?""在这里呢!"一个清脆的声音应和道。人群中走出一位穿粉红色上衣的老太太,她就是余光中的夫人——范我存。

什么是幸福呢?这就是幸福吧!两个老顽童,一个在这头,一个在那头,夫唱妇随,羡煞众人。

每个人一生下来都是会走的,他90岁了,在幸福中离去，也算寿终正寝吧。想起亨利·米勒在写给布伦达的情书中的一句："如果生是一件好事，那死也是一件好事。它们都是神秘的，但却不是灾难。"如此就好，但愿如此。

尽管如此，我还是有点怀疑自己是不是变得越来越冷漠了：为什么大家都在悲痛的时候，我却可以冷静到只剩下祝福？这种感觉让我有些惴惴不安，我开始搜索余先生的信息，开始酝酿悲伤的情绪。我希望自己的眼角会湿润，但是尽管我内心是沉重的，却真的一滴眼泪都没有。

想起他，我只有关于《乡愁》的记忆。学习《乡愁》时，我就生活在花树下那个小村，开门就是小桥流水，清风明月。多少次我穿过弯弯曲曲的乡间小路，在扶疏的花木中穿梭而过，一缕缕淡淡的虚无缥缈的花香在风中缓缓飘来。一家人在屋里或忙着或闲着或说笑着等我放学，所以我一点也体会不到诗中乡愁的滋味。

因为这首诗朗朗上口，学过没学过的孩子都能背诵那么几句，就像念童谣一般。我倒是听见过同村的男孩一边追逐着游戏，一边念："小时候，乡愁是一枚小小的邮票。我在这头，母亲在那头……"没有念完就听见他母亲站在那头骂："什么这头那头，你再不回来吃饭，我就打破你的头。"我就站在门口，冲着他哈哈大笑。如此说来，《乡愁》带给我的不仅仅不是愁，还有幽默的成分，正所谓"要愁哪得功夫"。

终于过了"少年不识愁滋味"的年纪，当我一次次离开花树下又回到花树下，当门前的柚子树也已经枯萎，当祖母在坟墓的那一头，当父母不再在这里筑篱笆……我开始疯魔了一般想念花树下，书写花树下，终于理解了"我在这头，故乡在那头"的惆怅与哀伤。

无意间听见一首客家山歌："阿婆哎，还企在村口介山头，其身边还有涯屋家介黄狗，望紧涯往前走，望紧涯往前走，涯唔惊，风吹日头晒，就算系，荆棘坎坷满山沟，涯唔愁，涯唔愁……"我站在陌生的路口，告诉自己"我不愁，我不愁……"却早已泪流满面。

终于在泪水中明白,我们悼念的不是余光中,而是自己心中那浓得化不开的乡愁。

2018 年 1 月 12 日刊发于《南方都市报》

正在消失的村庄

家族群里突然发出几张祖屋被拆除的照片,拆过的村庄,断壁残垣,"看着很悲伤,我们的童年回忆没有了"。

祖屋是先生家的祖屋。每年回去祭祖的时候,一家人都会走进祖屋看看,家婆告诉我:这个是阿公阿婆的房间,阿公阿婆每天很早就醒来,两个老人叽里咕噜聊很久才起来;这个是厨房,过节时,阿公端上饭菜,阿真比较老实,和阿公申请要吃鸡腿,阿燕比较调皮,咬着鸡腿先斩后奏,这些都是家里每次聚会的趣谈;这个天井很凉快的,晚上就在这儿乘凉,有时候端着饭坐在天井边吃……有一年,家婆决定跟着家公出去打工,将两个孩子留在家里。他们呼天抢地,家婆心酸不已。结果途中汽车坏了,家婆连夜赶了回来,两个孩子喜出望外。

我每次都津津有味地听着,那些我未曾见识的过去,像放电影一样在我脑海鲜活起来。我也喜欢这个村落。每次回去,我都要和小妹们一起拍照,拍长满青苔的老屋,拍藤蔓缠绕的小巷,拍天井上的阳光,拍墙上蹲着的小狸猫……踩着旧时光,我们从盗梦街走过,充满神秘与快乐。

老屋,晒谷场,牛栏,鸡舍,草屋……一一铲平,将来变成美丽的操场和花园。公园里种植了花草,铺设了鹅卵石小道,还有休闲长廊、石桌石凳等,让村里人都享受城里人的待遇。据说,为了公平起见,贡献祖屋少的还要出钱给贡献多的,补差额。说不出哪里不好,却总是让人心里疙疙瘩瘩说不出话来。

家公和村委会的工作人员讲了很久的电话。我听见家公用客家话叫工作人员"阿叔"。

"这不是钱的事,不能拆了就拆了,我们的不是危房,都维修过。这是我们的出生地,是有感情的,过年回去看看也好。"家公有些急,我怕他气得高血压复发,赶紧给他倒了一杯白开水。

"我知道这是你们工作,我理解,但是你们也要理解我们,要问我们愿不愿意拆。换了你没有一点征兆突然听说家里祖屋被拆了,你会怎么样?"

的确不是钱的事。如果说有什么放不下的,那就是一种情怀。追忆似水年华,不是写作者特有的敏感乡愁,人心皆同,大家都一样的啊,一样怀念旧时光,一样对故土充满留恋。

挂了电话,两个老人闷闷不乐,我问怎样了。

老人有些泄气:"还能怎么样?他都道歉了,拆都拆了,难道会给我们盖回去吗?"我说不出安慰的话,只有跟着伤感起来。

我明白老人的意思:大家都是父老乡亲,我不怪你,那是做人的宽容。可是，老人内心的失落与空虚，又该如何言说？有些东西拆了，就再也回不去了。

社会在发展，时代在进步，世界对我们提出新的愿望。我们最终会理解、会包容、会迁就世界的要求，只是内心那份朴素得如白纸一般的真挚情感，就这样被生生撕裂了。

"举头望明月，低头思故乡"，淡淡月光下，多少在他乡奔波的人被乡愁纠结得莫名心痛，而回忆也会变得无凭无据，空空荡荡。

好想和老人回去一趟，看看白云滚滚，烈日炎炎，还有芒花一片，再认真看一眼，那正在消失的村庄……

2018年2月8日刊发于《衡阳晚报》

祖母的山

清明特地跟着父母回来老家扫墓,俗称拜山。按照客家风俗,女子是不需要回来的,特别是嫁出去的女儿。我回来只是想烧点纸钱,告诉她我很思念她。

祖母的坟和祖父的坟靠在一起,旁边还依着伯婆的坟,都是在河对岸的山上,离我们家很近。小时候跟着父亲来扫墓,我不知天高地厚,就坐在伯婆的坟上,看父亲除掉祖父坟前的草。那时候祖母找不到我就对着河对岸喊:"阿妹……你在哪里啊?"

我听见，立马对着家的方向喊："阿玛，我在伯婆的灶台这儿。"这是客家人很普通的坟墓，一堆隆起的黄土，土堆前面排列了几块砖头当墓碑，相当地寒碜、简陋，在年幼的我的眼中就像厨房的灶台。

"菩萨保佑，菩萨保佑，小孩子不懂事……"祖母就开始念念叨叨，生怕我坐在坟墓上被神灵怪罪。而今，我又来到这座山，祖母也在这座山。我在她的"灶台"前沉默，我是祖母带大的孩子，她见到我就会笑得像个小孩，没有了牙齿的祖母，笑眯眯的样子特别可爱。祖母在兄弟姐妹中排行第五，很多人叫她五婆，但是更多人叫她矮婆。因为祖母的确不高，1米3左右吧，我8岁就已经长得和她一样高了。祖母70多岁我才出生，她很疼我。在农村，一般都是老人带小孩、做家务，大人去干农活。母亲说我从小就被祖母照顾得很好，不会像其他农村的小孩一样满脸都是泥。她做饭的时候、割猪草的时候、喂鸡的时候都是背着我……我常常在祖母的背上睡着了，我猜祖母的背可能就是那时候被我压弯的吧。

后来我上学了,到镇上读书,一个礼拜回一次家。80多岁的祖母摔了一跤后脑子不好使了,慢慢就得了老年痴呆症。她谁都不认识,只记得我。她每天到家门口的石阶上等我回家,有时候也会去老屋唤我,以为我躲在老屋。后来她连我也不认识了,她不肯冲凉,我每个礼拜五回家帮她冲凉、洗衣服。我舀水放大锅煮水冲凉,她往炉子里放柴火。我说:"阿玛,天气热你就不用看着火了,柴会自己烧,我隔段时间看看就可以了。"

祖母就会拉着我的手,对我说话:"阿妹,你是谁?我不是你阿玛……不过我有个孙女,叫燕仔的,去读书了,还没有回来。"我说,我就是燕仔啊。她会很惊喜:"真的啊,你别哄我……"我就一遍一遍强调,是我。可以被一个忘记所有的人这样惦记,这样的疼爱真的是深入骨髓的。

有一次我连续三个礼拜留在学校复习功课没有回家,回去后得知祖母又摔了一跤,卧病在床一个多礼拜了。我给她买的包子,她也吃不下了。她的嘴唇特别干,说不出话,拿白糖水喂她,她也不会吞。大人们都说,祖母等到我回家就会走了，所以当天我和妈妈，还有伯母一起给祖母洗澡。她瘦得皮包骨头，身上的很多皮肤都摩擦得血迹斑斑。我看着祖母痛苦的样子，一直掉眼泪。当天晚上，我们守在祖母的床前，她轮流呼唤我和弟弟的名字，唤了一夜，然后累了，就咽气了，什么话也没有交代，我只看见她眼角流下的泪。有老人随即对祖母说："五婆好福气，子孙都是看着你走的。"我不知道是什么心情，看着亲人带着香和两页纸，用纸卷住香，卷成一个小纸捆，带着零钱去门前的小河"买水"。

父亲和伯父将祖母从床榻上扶起，祖母的脸苍白，僵硬的身子就这么坐了起来。我走上前，又后退，说不出来地恐慌。"这是你阿玛，不用害怕，再看几眼吧。"父亲说完就哭了，边哭边和亲属用"买来的水"为祖母梳洗，再用白布裹身，并为祖母换上新衣，移尸厅堂。在祖母的脚前面放着两张凉席，我们就坐在凉席上守孝，通宵达旦，日夜守护，直至祖母出殡。

第二天早上，所有家属都来了。我们一起披麻戴孝，婶娘、伯母边哭边念，说着许多祖母生前的事，平时和祖母有些合不来的人此时此刻也说着好听的话。也许真的等到一个人离开了,想起的都是她的好吧?

祖母的娘家人来了,我们随着父亲站在门口迎接。远远就看见舅公带着家属过来,父亲扑通一声跪下了,我们也跪下了,对祖母的离开向她的娘家人致歉:"是我们不孝,没有照顾好老人。"舅公赶紧扶我们起来:"你们把她照顾到80多岁了,快起来吧,不能怪你们。"

晚上就请来和尚师父"做灯"。设灵位,灵牌上写"某某之灵主","主"字要留上面一点不写,成"王"字。请舅公在灵牌的"王"字上添加一点,成"主"字,叫"点主",意即尊长同意此丧事;然后我们一起哭拜跪谢。

那个晚上,家里挂满了白色纸条,充满了悲伤的气氛。和尚师父一会儿杀鸡,一会儿又将一串铜钱扔了又扔,念念有词。我不懂这种被大家认为是"押杀"的仪式,只是听说这样上路才会更加顺畅无阻。一个月有一个月的唱词,唱完十二个月,伯父和父亲拿着香炉跟着和尚走了十二圈。我记不得当时都念了什么,只记得最后一句是:"天苍苍,野茫茫,莫悲,莫哀伤。"

明明是劝我们别悲伤,我们却像被打开了开关一般,齐齐痛哭起来。

接下来就要给买路财,和尚将他的铜锣反过来放在灵堂前,像个巨大的脸盆,我们纷纷放了些零钱。师父唱:"都说你的儿孙有多孝顺,一张10块都没见,去吧,去吧!"大人们一听这话,心里不舒服,又纷纷放了一些10块的。师父继续唱:"儿孙满堂,还算漂亮,可怜你老人家100元大钞从未见,还是去吧,去吧,保佑儿孙赚得盆满钵满。"父亲悲从中来,觉得都这个时候了,还对母亲吝啬似乎很不应该,万一小鬼们因钱的事为难母亲,便又放了百元的钱……和尚师父开始唱漂亮的词:"快去吧,那么多钱够你一路顺风。"然后又转过头对我们说:"她上路了,不用担心了。"父亲和伯父长长舒了口气。我们每个人都有心里祭奠的东西,即使这些买路财最后都落进了和尚师父的腰包,至少心里也还是安慰一点吧。

消停没多久,天就亮了,准备给祖母"还山"(因客家人多住山区,亡人皆葬于山上,于是俗称安葬亡人为"还山")。我们围跪棺旁,娘家人检视后,执事人嘱咐我们再看最后一眼,开始打"子孙钉"。出殡时,抬棺者规定要有八人(俗称"八大王"或者"八仙"),一路丢纸钱(俗称"引路钱"),鸣锣放爆竹,伯父捧灵牌,我们缓缓而行。送葬队伍的顺序排列为旌幡、棺、灵、孝杖、和尚、愁笼、白衣、族、祭物、鼓、乐、宾客。而我就是那个举着"族"的女孩,在长长的队伍里,冻得双手通红,满脸悲伤。祖母活着还清醒的时候对我说过:"阿妹你都长这么高了,等我百年归老就可以给我举族了。"我不知道生命到底是什么,人死了会不会真的在另外一个世界存活,关于前世今生是不是都忘记得一干二净,只留给后人无尽的哀思。

我目睹着"八仙"挖坑,也目睹着祖母的棺木一点一点往洞穴里放,最后培土。婶娘和母亲在坟前点燃蜡烛、草绳、竹柴,送火给在阴间的祖母照明。灵柩安葬后,我们改道而回。

客家人有"二次拾骨葬"的风俗。关于这个风俗的由来,与客家人本为中原居民,后因躲避战乱而不断南迁分不开。客家人不论迁往何处，必由男子用陶罐装上祖先遗骨同行，待定居后再择地另行安葬，以免远徙他方，无法返回故里祭坟。6年后，我又目睹了父亲将祖母的灵柩掘起，骸骨改用"金埕"（一种专盛死人骨殖的陶瓷坛子）收藏，然后迁葬到祖父身边。

祖母走了以后的很长一段时间，我都会在吃饭的时候习惯性地盛一碗饭给她，叫她吃饭的时候，才想起她再也吃不了……多少疼爱与被疼爱，多少眷恋与被眷恋，都抵不过生命的无奈与苍凉。若干年后，我们都会尘归尘、土归土，你一堆、我一堆；喜也好，愁也罢，都随风飘散。正如宝玉所说："等我化成一股轻烟，风一吹便散了的时候，你们也管不得我，我也顾不得你们了。"我不知道将来我会在哪一座山上，有没有人在我的"灶台"前怀念我。

风吹起，将纸钱的灰烬吹散，四处飘零，如不安的心，也如化烟的灵魂……

2017年8月13日刊发于《忠信文艺》

猫样年华

农村里的猫,是一个让人又爱又恨的物种。

它们很会捉老鼠,经常看见它们在晒谷场旁边逗老鼠,明明抓到老鼠,却抓了放,放了抓,总是要玩到老鼠精疲力尽半死不活时再吃。

而公猫每天夜里都在屋顶和一群母猫追来逐去,瓦片被踩得沙沙作响。有时候还有瓦片坠落的破碎声,刺耳的声音将乡村的夜晚搅得不得安宁。我们雨天拿着器皿到处装漏雨,很大程度上就是拜这些猫所赐。

更让我烦躁的是夜深人静时,这些猫的叫声,像婴儿的啼哭,呜呜咽咽。

而我家的狸花猫也是其中的一员。

它的头非常圆,五官搭配得还算可爱,绿色的眼睛圆溜溜的,很闪亮。但是当它那双眼睛瞪着我看的时候,我内心会不由得一阵发怵,有一种很恐怖的感觉。它的绿眼睛似乎可以洞察一切,可以看穿一个人。这种感觉蔓延开来,让我不敢正视任何动物的眼睛。

我曾看过一个鬼故事:一个村妇将一个刚出生的女婴抛弃在竹林下。女婴死后不甘心,化成猫爬到竹梢夜夜啼哭,凄凄惨惨,哭得村妇最后疯了。要命的是,我家门前就有一排竹子,这种似真似幻的想象,让我编织了无数故事,越想越怕,我甚至看见一只小狸猫蹲在窗口,瞪着它的绿色眼睛一动不动、似笑非笑地看着我。我被自己的幻想吓哭,最后只能和母亲睡。

我的想象力除了让自己夜夜噩梦,还给家里的狸猫带来了灾难。父亲请来对面阉鸡的师傅将它阉割了。此后,夜里只听见风吹树叶的声音,还有小河流哗哗的流水声。安静让我想起家里的猫，想起它痛苦地躺在地上一动不动十分忧伤的表情。我的情感纹路里总刻有"内疚"二字。

当狸猫伤口恢复以后，它又可以活蹦乱跳了，只是更居家了。每天大早，砧板一响，猫就会在厨房里团团转，喵喵地叫着，试图讨到一些食物。这时候大人就会拿着扫把赶它走："大清早的，有都给你叫冇了。"猫的叫声确实和客家话"冇"很像。它仓皇而逃，第二天就会好了伤疤忘了疼，继续喵喵叫。

我一边对它恨铁不成钢，一边帮它解围："它其实叫的是好，不是冇，你们误会它了。"大人仔细听，这模棱两可的声音越来越像"好"，最后左邻右舍都知道我们家的猫与众不同，它叫出来的声音是"好"，而且越听越像。我也不知道这是什么原因，我平时也经常玩这样一个游戏，听见动物的声音，我心里觉得它在叫什么就像叫什么。比如黄牛"哞"一声叫，我觉得它是叫阿嬷，就似乎真听见它叫"嬷……嬷……"，觉得它是在找妈妈，就听见"妈……妈……"

从此我们家的狸猫可以正常出入各家各户，无论早晨还是夜晚，只要砧板响，它都可以自由往来，并且因为说了吉祥话而得到一些奖励：一块猪皮，或者几个鱼干头。吃饱喝足以后，它还会在天井边蘸水抹嘴，优雅得像个淑女。很多时候，它成了村里人茶余饭后的谈资，说起它没有谁不是笑呵呵的。

狸猫慢慢长膘，成了肥猫。肥猫变得很懒很懒了，再也没见它捉过老鼠。老年痴呆的祖母，整天整天地抱着肥猫，有时候无力地掐一掐它的脖子，它就把头一缩，叫一声，继续闭目养神。

多少个冬日暖阳，多少个黄昏，我看着穿着蓝色开襟衫的祖母，黑色围裙从胸前到膝盖褶皱着，怀里抱着胖猫，就像抱着个孩子。她们一起坐在门前墙角的竹椅上，阳光有时候很暖，影子有时候很长。

门前的路，来来去去好多人。

老屋门口，进进出出好多人。

而她们，始终是安静的老人，和猫。

我开始感激这只肥猫，是它让忘记一切的祖母少了一点孤独。我再也不怕它的绿眼睛，长年累月，甚至觉得它的眼睛充满和善。

曾经听过九尾猫的故事。传说世间的一切生灵皆可修炼成仙。猫每修炼二十年，就会长出一条尾巴，等到有九条尾巴的时候，就算功德圆满了。可是，这第九条尾巴却是极难修到的，当猫修炼到第八条尾巴时，会得到一个提示，帮助它的主人实现一个愿望，心愿完成后，会长出一条新的尾巴，但是从前的尾巴也会脱落一条，仍是八尾。这看起来是个奇怪的死循环，无论怎样都不可能修炼到九条尾巴。

有一只很虔诚的猫，已经修炼了不知道几百年，也不知道帮多少人实现了愿望，直到有一天它救了一个被狼围攻的少年。猫问他有什么愿望时，少年说："我的愿望是你能有九条尾巴。"

八尾猫充满感激，它俯下身，舔了下少年的手，很温暖。于是，八尾猫长出了华丽的第九条尾巴，变成了真正的九尾猫。

而此时此刻，我觉得我们家的狸猫就是一只在人间修炼的猫，我多么希望它也能有九条尾巴，功德圆满。

祖母去世以后，肥猫更安静了。它整日坐在菜园的柚子树上晒太阳，或许是老了吧，懒得动了。柚子花一片一片落下，掉在它身上，又滑落，它连眼睛都懒得睁开一下。

我们搬离花树下的时候，胖猫已经瘦回去了。后来花树下的人全部搬走了。

父亲只要想家了，就跟我们说他要回去喂猫。有时候，我也会很想它，比如：我看见朋友圈晒猫图片的时候，我在绿化带看见流浪猫的时候……甚至和一个叫"猫猫"的朋友聊天的时候。

今年春节，我带着饭菜回去找它的时候，它不见了。找不到它的我很着急，围着屋子学着猫叫呼唤它，但是它没有出现。我突然觉得很凄凉，它的主人都离开了，所以它也离开了。我不知道它是死了还是遇到一个肯让它圆满的人，拥有九条尾巴飞到天上去了。

我将饭菜装进猫碗从狗洞塞进它必经的小巷，希望它回来的时候不挨饿。下次回来猫碗里的饭菜依旧在，只是发霉了……

再后来，每次回老家，父亲都会将猫碗拿到河边小心翼翼地洗，然后将饭菜倒进碗里，蹲在狗洞前，将猫碗重新放回去。这个场景总是让我好难过，我不知道父亲是在喂猫，还是在喂过往。我甚至觉得父亲蹲下来的样子，像一只猫，孤单而忧伤。

从此，我的花树下空了。

2018 年 5 月 6 日刊发于《湛江日报》

静观山水

佛是过来人

——寻访南华寺

已是深秋,忽然觉得这时光过得如此之快,前几天还循着花香在小径漫步,莲花却已经开落。纵然有"留得残荷听雨声"的唯美诗句,依旧不掩秋天的萧瑟。所幸,南华寺的秋天依旧是郁郁葱葱的。

这一个月以来,我去了东华寺、城隍庙、梧桐庙、越王山、观音庙、三清观、三清殿……无数次跨过神的门槛,除了双手合十,我还学会了道家的手势。寻访南华寺,成了我这个月的夙愿。这个地方,宋代大文学家苏轼都充满了向往,他曾在给友人的一首诗中写道:"水香知是曹溪口,眼净同看古佛衣。不向南华结香火,此身何处是真依。"

南华寺坐落于广东省韶关市曲江区马坝镇东南七公里的曹溪之畔,是写下千古绝句"菩提本无树,明镜亦非台。本来无一物,何处惹尘埃"的佛教禅宗六祖惠能弘扬南宗禅法的发祥地。六祖惠能在此传授佛法37年,法眼宗远传世界各地,因而南华寺有南禅祖庭之称。

据载,南朝梁武帝天监元年(502),梵僧智药三藏率徒来中国五台山礼拜文殊菩萨,路过曹溪口时,掬水饮之,觉此水甘美异常,于是溯源至曹溪。四顾山川奇秀,流水潺潺,于是谓徒曰:此山可建梵刹,吾去后170年,将有无上法宝于此弘化。后韶州牧侯敬中将此事奏于朝廷,上可其请,并敕额"宝林寺"。

唐中宗神龙元年(705),中宗皇帝诏六祖赴京,六祖谢辞,中宗派人赐物,并将"宝林寺"改名为"中兴寺"。宋初,南汉残兵为患,寺毁于火灾。

宋太祖开宝元年（968），太祖皇帝令修复全寺，赐名"南华禅寺"。

走进曹溪门，在放生池旁走走停停，放生池的乌龟优哉游哉地在水里游着，在诵经声中度过了年年岁岁，它们将来是要成仙的吧？

我匍匐在佛前，虔诚地许下多少心愿。额头上细密的汗珠沾湿了跪垫，一如我的泪。心事那么重，像一个可怜的小孩，多么渴望有一双温暖的大手，给我母亲般的拥抱，怜悯我日复一日的不安，宽恕我在三世轮回中所犯下的错，免我惊，免我苦，告诉我一切都会过去，一切即将过去。

我怕周围太多人，三世诸佛认不出我的声音，找个无人的地方长跪不起。"大慈大悲观世音菩萨，这是我一个人的声音，这是我自己的心愿。"待我出来，就找不见同伴的影子。我不知道：走丢在这佛门重地，是否可以成全一个人的清修？赶上大家，是否就可以和所有人一起了悟？

我往前走，看见一群老人站在藏经阁前休息，静静地听他们的导游讲解：这里是很灵验的，如果家里有上了年纪还没有结婚的孩子，不要催他们，到这里拜一拜，求一求菩萨。

或许这句话戳到了老人们的心窝，他们说那是要拜一拜。有老人说："我们除了求求菩萨，催他们也没用。"这似乎成了老人最通透的领悟。

我随着这一群可爱的老人走，他们在菩提树下久久不肯离开。"这树长得真好看。"有人感叹。导游又给他们讲菩提树："菩提"一词为梵文音译，意思是觉悟、智慧，用以指人如梦初醒，豁然开朗，顿悟真理，达到超凡脱俗的境界。佛祖既然是在此树下"成道"，此树便被称为菩提树，用我们的话说就是聪明树、智慧树。如果想要变得聪明，充满智慧，可以绕着树走三圈。虽然说走得越多越聪明，但是聪明容易被聪明误，太多了也不好，走三圈就够了。

老人们会心一笑，我也笑了。我不好意思插在老人堆里一起绕圈，我知道我这一生都不可能变聪明，只求傻人有傻福。

朋友在塔前给我打了个电话，然后等我。

"小冯，我看你很虔诚。"

"因为我有所求。"说完我就惭愧了，到底是一个凡夫俗子，是的，我有所求，却求之不得。佛家语：一翳在眼，空花乱坠；一事挂心，烦恼丛生。但凡起一念无明心和执着心都是不允许的。

在我们的生命中，最大的悲哀是执着。很多时候你执着什么，你的生命就会因为什么而谢幕。这让我想起《红楼梦》中有洁癖的妙玉：她带发修行，她用梅花上的雪水泡茶，连被刘姥姥喝过的杯子都要丢弃，可是最终却被强盗用闷香劫走，"可怜金玉质,终陷淖泥中"。如果妙玉的命运是在讲一个人因为执着而经历的痛苦，此时此刻，放不下执念的我感到一阵冷风飘过。

我在殿前跟着同伴，绕着佛塔静静地走了一圈又一圈，甚至说不出来我的不安到底来自何方。我路过诸佛，路过默默许愿站着不动的红衣女子……佛前多少愿，一个比一个沉甸甸。空谷里洒满菩萨的微笑，那枝条上的露珠儿，解了谁的渴？

在寺内看了会儿《曹溪水》，是一份曹溪佛学院主办的文学刊物，每一篇文章都渗透着浅浅的禅意。其中有一篇文章说道：对于真正修行者来说，真正的禅是日常。行也是禅，睡也是禅，动也是禅，静也是禅，饥餐困眠，处处皆道场。对于已经解脱了的悟者，虽然与凡夫生活的空间是同一个，却能将日常的生活、熟悉的景致化为极乐世界，对拥有的东西倍加珍惜，将理想立足于现实，从不沉溺于海市蜃楼的幻想。如此，穿衣吃饭，行止语默，无不感受到真实、鲜活的生命之存在。

最后，我不敢再奢求什么，只希望自己能够安静下来，多一点平和，少一点焦虑就好。返程的路上，同伴说，经常出入三个地方的人看什么都会透彻。这三个地方分别是监狱、殡仪馆、寺院。我点点头表示赞同，内心一片安宁，打开"喜马拉雅"，静静听：

我问佛：世间为何有那么多遗憾？

佛曰：这是一个婆娑世界，婆娑即遗憾。

没有遗憾，给你再多幸福也不会体会快乐。

我问佛：如何让人们的心不再感到孤单？

佛曰：每一颗心生来就是孤单而残缺的，

多数带着这种残缺度过一生。

只因与能使它圆满的另一半相遇时，

不是疏忽错过，就是已失去了拥有它的资格。

我问佛：如果遇到了可以爱的人，却又怕不能把握，该怎么办？

佛曰：留人间多少爱，迎浮世千重变。

和有情人，做快乐事，别问是劫是缘。

我问佛：如何才能如你般睿智？

佛曰：佛是过来人，人是未来佛！

2017年10月8日刊发于《河源晚报》

福建初溪土楼群,我似故人款款来

很小的时候,救了一条小鱼,它记住了我。

每天傍晚我坐在小桥上,它就会游过来和我对话:

"我觉得一条鱼长成黑色不好看。"

"这个是没法选择的。在我们的世界里,黑色是俊美。"

"如果有一天我掉进河里,你会救我吗?"

"我会永远保护你。"

有一天,我真的掉进河里了,被水冲到碧绿的水潭。

它和许多大大小小的鱼围绕着我,将我推上岸。

"你果然是最黑最大的鱼,你是最俊美的吗?"

"你掉进河里不害怕,反而关心我是不是最俊美的?"

"因为我知道你会保护我啊。"

——最近,我经常做同一个梦,梦见自己和一条鱼相伴相依。

这个梦让我想起动漫《大鱼海棠》:45亿年前,这个星球上,只有一片汪洋大海和一群古老的大鱼。在与人类世界平行的时空里,生活着一个族群,他们为神工作,掌管世界万物运行规律,也掌管人类的灵魂。他们的天空与人类世界的大海相连。他们既不是神,也不是人,他们是"其他人"。椿,是家族的继承人,掌管着海棠花的生长。她不惜违背族人戒律,逆天而行,在海底世界秘密饲养人类少年的灵魂——一条拇指大的小鱼。这个少年是椿化作红色的鱼在人间游荡的七天里,为了救她而丢掉性命的。椿欠他一条命,所以愿意用一半的寿命去偿还。从接回小鱼的那天起,他们的命运就彼此相连。

　　被故事感动得一塌糊涂之余，对女主角椿那圆形气派的家充满了向往。电影一开演，海水下沉，在夕阳余晖的笼罩下，那一圈一圈圆形的瓦片屋顶就像水波一样环环相套，让人不禁为之一振。当一长排挂在楼角上的红灯笼接连亮起，完美的中国风让我深深地感动了。电影中的场景很多都取景于实景，最能让人一眼就认出来且印象深刻的，就是福建的客家土楼了。我始终相信自己和福建是沾亲带故的。据我们族谱记载：明朝初，即公元1368年，白礤开基一世祖子隆公，字祥兆，妻丁氏、陈氏，原籍福建省象洞村人。由于时势造化，带着家眷及儿子政念公来到广东省河源县灯塔地方，行程匆匆，子隆公、陈氏先行迷路走失方向（后来得知又回到福建省老家居住），丁氏母子二人只好顺路行至白礤村，在铜鼓厅下避难住下。后来在此定居，垦荒种田，衣食饱暖，生活逐步改善。

　　我相信，在冥冥之中，有时候老天会降临某种神秘的指示。比如，在这样一个安静的秋夜里，提醒我要去的地方。我和鹿姐说，想去福建看土楼，却不小心说成我想回福建看土楼。那里有世界上最独特的建筑土楼，有丁氏祖母回不去的老家，有我救过的也救过我的一尾鱼……就是这种说不清道不明的牵连，让我内心充满欢喜。

跟着导航一路弯弯绕绕，越走越觉得路迢迢，心也迢迢。

"我们去哪里？"突然想起自己连具体地点都没有搞清楚，就跟着鹿姐乐颠颠地来了。

"初溪。"

"光听名字就觉得很美。"

"是啊，我来过了，但是还想来。只有这个地方我没有在异乡的感觉，就好像回家一样。"鹿姐说完，就听见初溪流水哗啦啦的欢快声音。听见溪水的声音，我就感觉好安心。

小溪里有一级大石块垒成的坝，上面是碧绿的水潭，下面形成小小的瀑布。我们从坝上涉着漫过石块路的河水而过，小心翼翼，走得很慢，多停留一分钟，也是觉得极其幸福的。我蹲在小溪边，撩起朵朵水花。如果我曾经救过一尾鱼，一定是在这里；如果我曾在漩涡中被救起，也一定是在这里。我多想此时此刻小鱼摇摇摆摆游到我面前和我相认，对我说一句："你回来了？"梦当然不可能是现实，但是有梦可依是多么值得开心的事，而我定是故人来。

一级一级石头砌成的阶梯，路边有青石板做成的凳子。如果可以在这里坐着，手中拿着一本唐诗（宋词也可以），任风带着小溪的滋润吹过发丝，静静地待一整天也不负此行。拾级而上，路过余庆楼，来到庚庆楼午饭，我们和楼主用客家话沟通。置身在土楼中间，那一圈一圈圆形的瓦片屋顶，一排一排挂在楼角上的红灯笼，一扇扇雕花镂空的木门，和《大鱼海棠》中的美不断地重叠又分开，分开又重叠。圆中圆，套中套，竟让我分不清是梦是醒。

初溪位于福建省永定县下洋镇初溪村，位于海拔400~500米的山腰上，南面是层层叠起的梯田，北面（靠溪流）地势较为平坦。

　　初溪土楼群由五座圆楼和数十座方楼组成。它们依山傍水，错落有致，如图案般舒展有致。1999年2月，这里被确定为县级文物保护单位，并成为永定客家土楼列入《世界遗产名录》的申报地之一。其中的集庆楼建于明永乐十七年（1419），距今已有580多年的历史，是客家土楼中年代最久远的土圆楼之一，其结构十分独特，楼里有72部楼梯，一户一梯，非常合理，令人称奇。

读着书上的介绍，放眼望去是山，是水，是梯田，是土楼，是阳光下怡然自得的村民，是我们每个人都向往的安宁。我甚至有些担心，我们的造访，对于生活在这里的人来说是不是一种叨扰？

　　据当地村民说，土楼是由美国人最先发现的，在卫星上美国人看到土楼误以为是中国的核导弹基地，每天有三次烟火却不见动静，持续观察很多年不得其解。

于是在中美建交后，秘密派间谍伪装成记者到福建闽西一带考察，才发现这是一处振奋人心的独特建筑群，每天三次烟火是在生火做饭。从此，客家土楼这一文化瑰宝开始被世界关注。

一座土楼，是一个家族的居住之地，这是客家人的居住习惯。因此一座土楼内房间极多，从几十间到几百间都有。可以想象，这里的过往是何等的热闹。

说起初溪村，还有个传说。全村2000多人，均为徐姓，是父系氏族之时大禹所封。徐姓后裔有一位叫常蓼的，生有两个儿子，一个以打铁为生，一个是打猎的能手。有一次，常蓼的子孙们上山打猎，突然发现三只野鹿，于是便放猎狗追踪，一直追到现在的初溪村。三只野鹿钻进一簇竹林中，猎人们守候了整整一天一夜，始终不见野鹿和猎犬出来。在当时，野鹿被视为神异之物，他们认为，那是神灵把他们引到了这里，一定有所指示。再一看，这里群山环抱，满山翠竹郁郁葱葱，一涧溪水潺潺流过……于是决定迁居此处，开基创业。为了感谢神灵的召引，因此取名"麤溪"，客家人"初""麤"读音相同，于是有了"初溪"。

我又开始神经质地将鹿姐和这三只小鹿联系在一起：怪不得她来过了还想来，像回家一样，这就是她最开始的家啊。我们都是冥冥之中和这里有着某种关联的。

我们顺着小溪的方向一直往梯田的方向走。一座座土楼，是我们可以触摸的一段客家过往；一个个坚守着的家，是我们可以目睹一场烟火的人家。土屋门墩上坐着的老奶奶，菜园里种菜的阿姨，房前屋后堆积如山的木柴，山坡上红透的柿子，堆在猪圈外的稻草垛，门前懒洋洋晒着太阳的大黄狗……一切都是那么熟悉，这的确是我曾经生活的样子。

我在一棵商陆面前停住了脚步，绿色的叶子，紫红色的茎，一串串紫黑色熟透了的果子，如葡萄般圆润饱满，轻轻一掐，就会溢出许多紫红色的汁液。我不记得有多少个秋天的午后，我就这样掐着这种小果子，一遍一遍地涂抹我的指甲，双手染得通红，最后又晃悠到小溪边擦擦洗洗耗上一个又一个的下午。这些浑然天成的交集让不是故人的我，胜似故人。

我是个念旧的人，这让我忆起往昔岁月的一切。我们站在收割后的田野上，听风声，听溪水，看太阳挪向山的那一边……此时此刻，就像一首诗：

> 早晨，阳光照在草上
>
> 我们站着
>
> 扶着自己的门扇
>
> 门很低，但太阳是明亮的
>
> 草在结它的种子
>
> 风在摇它的叶子
>
> 我们站着，不说话
>
> 就十分美好……

2017年6月9日刊发于《劳动时报》

龙德寺：修行就是修自己

在特别低迷的时候，我供养了一尊菩萨，在老家的龙德寺，以我自己的名义。都说大慈大悲观世音菩萨，都说佛度众生，我不敢奢望佛会千里迢迢来度我，只是希望顺路的时候，度我一程。

龙德寺就在我们村，位于河源市东源县灯塔镇白礤村水口山，距离河源市区约三十公里。这个地方我不知道来过多少次，上次来时，满山满山的稔花圆朵朵地粉粉地开着；今天再来，山稔子乌溜溜地沉沉地饱满着。

山路弯弯曲曲，泥泞、坎坷，车子摇摇晃晃，底盘一直刮着路上的石头，哐哐响着。碧云忍不住打趣我："姐你太重了，先下车，不然底盘没救了。"

我佯装生气，摇下车窗。山上成片成片的速成桉已经只剩下光秃秃的树头，不知道又要种上什么树。愿重新郁郁葱葱起来的是更加环保的植物，如从前一样的原始森林，也算是佛祖庇佑。

一同来的有邓老师和他的学生敬威、碧云，还有我弟弟阿辉。碧云不带名字地叫我"姐"，比阿辉叫得还要亲。

"姐，你站在花丛中，我给你拍照。"碧云说这句话时，傍晚的阳光落在我身上，金光闪闪。

我开始认真地看这里的一草一木。这正是龙德寺正门前，栏杆上爬满了丝瓜，黄色的花，毛茸茸的蓓蕾，娇嫩地开着。我所站的位置却是丝瓜旁边缠绕着的飘香藤，叶疏花多。叶为椭圆形，硕大，叶面有皱褶，叶色浓绿并富有光泽；花色粉红，五瓣，花冠漏斗形，似喇叭一般；花的正面形状为风车状，清新芬芳。

我们齐齐来到城隍庙里面，其他男生点香，我和敬威往功德箱积功德。每人一把香，跨过一道道门槛，我们走过观音殿、土地庙，一直到吉祥万佛楼……拜了释迦牟尼佛、地藏王菩萨、观音菩萨、四大天王、弥勒佛、韦陀菩萨……我供养的菩萨就在万佛楼二楼，左边靠近门口，跨过门槛，一眼就能望见菩萨微笑着的脸，还有写有我的名字的红色纸条。我在菩萨面前久久沉默：求大慈大悲观音菩萨保佑，我做不到远离烟尘俗世，在凡尘里我有所求，却求之不得，所以内心很痛苦。或许我不够善良，又或许是上辈子的业障。但是我知道错了，请宽恕我。

当一个人极其痛苦、万念俱灰的时候，总要信仰点什么吧，不然靠什么活下去？

默念后，发现敬威每遇见功德箱就拼命塞钱，似乎只有这样才能显示他的诚意。他有点焦虑，有些自卑，有些迷茫。他又在求什么呢？

佛家言："心是自心，佛是自心佛，非心外所求之佛。"悟道之人，自悟本性，了愿了冤，一了百了，自度自得，并非依靠佛菩萨为我了。佛不能度我，全赖依教奉行，以法修行，自己度自己。只要悟得"无心"（破我相我执）、"无法"（破法执、断无明），真空即是自己佛性，何用他求。

一个信徒一种领悟，每个来求佛的人祈福的时候都在想什么？我们真的明白什么是福吗？如果每个人都求富贵、求权力，那么即使是在万佛楼，佛也会好孤独吧？

万佛楼一共三层，塔顶镀金的塔刹，在阳光下放射出金色的光芒，十分耀眼。一楼是大堂，二楼、三楼都是金光闪闪的佛像。

在万佛楼上凭栏，就能看见群山环绕，小桥流水人家，还有绿油油的稻田、葡萄园。这里不像庙宇，反而有点像农家小院，也许庙宇很少有这么一派田园风光的吧。

刚进大堂的时候，悟其师父和其他人正在做晚课。我们怕打扰他们，便不曾近身前去。不管外来人员如何走动，他们只是专注着手上的经文与木鱼。我认识悟其师父，因为他是我一个正在佛学院学习的朋友的师兄，来自北方，是个正在修行的出家师父。晚课结束后，我们和他在寺院喝茶。一坐下，我就迫不及待地向他打听我朋友的消息，她有和您联系吗？会不会很辛苦？她母亲很担心她，我们都很想她。

"肯定会辛苦。"他微笑着回答我好多问题。悟其师父很清瘦，温文尔雅，言行举止都透露着儒雅气息。

"为什么我们看到的佛更多的时候是和权贵在一起，而不是和苦难在一起？"

"佛菩萨面前，众生平等，讲究的是因果轮回。上一辈子的因结这一世的果，这一世的因结下一世的果，这是三世轮回。一切随缘，不攀缘，当然该努力的是要努力，不是说不思进取。"

"听说很多寺庙放生池里的鱼会被人打捞去卖，有没有这回事？"

"有很多是别人说的，未必是事实。就是有，那也是别人的福报，你放生了就是你的福报。所谓的修行就是修自己，拔掉自己身上的刺。不要怀疑，别人怎么做我们左右不了,能做的是管住自己,做好自己。"

我们侧耳听,这些平时都听过的道理,从师父口中说出,便更觉神圣起来。

……

"你们要在这里吃饭吗?"到了就餐时间,厨房两个阿姨问我们。

我说:"谢谢阿姨。"

"你要叫阿姑,都是自家人。"她们纠正我。我补充:"谢谢阿姑。"在我们潜意识里,姑姑比阿姨亲,姑姑是同姓的,于是我们留下来吃饭。

"蔬菜是阿姑种的,粮食与油盐都是信众们送来的。食多滴,唔使客气。"听着她们亲切的乡音,仿佛我不是来求佛,而是串门。用斋期间,阿姑提醒我们要包个红包给师父,因为他在这里修行很清苦,我们到了这里又一起用斋,也是有缘。我们临走前给师父包了个小红包,他一再推辞,最后收下了。

返程时,我们每个人都请了厚厚的一沓书,有《道德经》《弟子规》《了凡四训》《心经》《金刚经》……

这些书我们平时零零散散也有读过，邓老师、敬威、碧云习书时经常抄的就是这些内容。

我非常想写写龙德寺，我们家乡的寺庙，温情脉脉的寺庙，于是问阿姑："这里有没有什么故事？"

"故事可多了，我也记不清。以前庙里的神都化身成老者去帮助人，家家户户都帮过……"一路上，我都出现幻觉，每遇见一个和蔼可亲的老人，我都会觉得是庙神。夕阳的余晖投射在山的那一边，那些温和的善意一同投射在黄昏深处。

"龙德寺又名应福寺，也称城隍庙。始建于明朝初期，曾经香火鼎盛，远近闻名。上世纪50年代遭到严重破坏，仅剩基石残柱。"这是我翻遍许多资料唯一能找到的介绍。这么漫长的历史，留下的不过是只言片语，这让我有些泄气。由于是在旧址上重建的，我们也无从找寻过去的痕迹。

但是遗留了一组图片，果然是基石残柱，土墙倒得只剩下轮廓，荒草萋萋，满目苍凉。只有阳光片片，照耀过它的辉煌，也照耀着它的荒凉。

次日,悟其师父给我发了信息:"昨晚与你朋友联系上了,她很好,请放心。另外,你们给的红包转发给她了,她可能更需要。"我们互道了"阿弥陀佛"以后,再也没有说什么。这是观音菩萨般的慈悲心,他用自己的行动告诉我,修行就是修自己。我想,他一定是这个世界上最安详、最幸福的人。

2017 年 3 月 25 日刊发于《河源晚报》

悬 棺

这个季节的龙虎山人来人往，游客一茬接着一茬。龙虎山，位于江西省鹰潭市西南二十公里处。东汉中叶，正一道创始人张道陵曾在此炼丹，传说丹成而龙虎现，山因得名。

我们要参观的第一站是象鼻山。沿着栈道一步步攀爬，即使气喘吁吁也能闻见白色野花清晰的幽香。爬上观光台，远远就能看见漫山红艳艳的彼岸花，传说中开放在天国的花，花的形状像一只只向天堂祈祷的手掌。小时候遇见此花大多是在坟茔前，用老人的话来说是"鬼花"，所以当这种花出现的时候，我的第一个念头就是附近有墓。

路上有个女孩摘了一朵，握着花梗的样子像举着个风车，只是怎样的风吹来也不会旋转。有陌生人提醒她："彼岸花有毒的，不要食用。"

"哦，彼岸花有毒。"淡定地应了一句，女孩继续往前走，彼岸花依然握在手中。

我们去仙水岩芦溪河漂流的时候是上午10点多，太阳升得高高的。刚坐上竹筏时，我们几个人挺兴奋。清溪绕山蜿蜒，奇峰横卧碧波，四野景色美不胜收，乘竹筏顺水而流，优哉游哉，好不惬意。不时有阿姨划船过来攀谈，兜售她们的粽子。

对面的竹筏上有个6岁左右的小女孩，脱了鞋子，双脚伸进清凌凌的水里，水花滑过她的小脚丫。看她快乐的样子，真想脱了鞋子效仿她，但是看了看身边的同伴，想想自己毕竟几十岁的人了，有些不好意思，唯有羡慕。

船夫话匣子打开,一个个故事娓娓道来。不过印象最深的还是崖墓,仙水岩地区的峭壁巉岩,像刀削一般险峻。隐隐约约可以看见一个个岩洞口或钉木桩或封木板,"藏一棺而暴其半者"多处可见。在大片岩壁上,洞穴星罗棋布,星星点点,高高低低,大大小小,数以百计,覆盖着厚厚的历史尘埃。

当地人说上面住着神仙,有金菩萨、金盆子。也有人说这个地方很邪气,经常会掉石头下来,没人敢去。传说中更神奇的是有个棺材夜里会慢慢飘,飘到下面来,等到了第二天早晨金鸡报晓时又会慢慢飘回洞里去。——这些传说,让迎面而来的风渗透着阴凉。

据说,这些崖墓大多是2500年前春秋战国时期古越人的崖墓悬棺,其葬位离水面20~50米,高的达300余米,大多选择朝阳的一面。崖墓葬盛行崖洞合葬和群葬,在水岩、仙岩、仙女岩、谷子岩等处,每处都有十几座到数十座不等的崖洞墓。这崖洞墓中,有单洞单葬、单洞群葬和联洞群葬等几种类型。其中一崖墓,洞宽50余米,墓室规模巨大,内置10副棺木,显然是大家族几代人的聚葬之所。悬棺的棺有扁圆形、圆筒形、长方形、顶盖式和屋脊形等几种，多用巨木刳割挖空而成，木料多为楠木。随葬品多用仿铜礼器、兵器、陶器、竹木、玉石等，忌用金属器皿，否则他们的灵魂会受到惊吓。

人们总是愿意相信人死了只是生命的结束，而灵魂会和生前的群体有着密切的关联。只是他们为什么要选择悬崖峭壁安葬祖先呢？有人说因为古人相信人死了就是升天做神仙，而高山是最接近天的地方，得道成仙就会快很多。也有人说是怕山林中的野兽骚扰死者。更有人认为，古越人依水而居，将祖先安葬在水面上的洞穴中，感觉亲人时刻陪伴着自己，也是一种心理安慰吧。

崖墓下临深渊，地处绝壁，悬棺是怎样安放上去的，千百年来一直都是个谜。龙虎山崖墓也因此蒙上了一层神秘的色彩，产生了种种神话传说：有的说这洞里的东西，是神仙用金丝线吊上去的；也有的说这洞里装的是无字天书。宋代理学家朱熹曾发出疑问："三曲君看架壑船,不知停棹几何年?"宋人王文卿有诗云:"昔人骑鹤上天去,不向人间有蜕蝉。千载玉棺飞不动,空江斜月照寒烟。"当代文化名家郭沫若也发出了"船棺真个在,遗蜕见崖看"的感叹,也是对这未解之谜的遗憾。

从竹筏下来,顺着山路蜿蜒,路上有许多卖凉茶的大人、孩子。有位阿婆不紧不慢地编织着扇子,小的10块钱,大的30块钱。想10块钱买两把小扇子,看到阿婆年纪那么大了,编织很辛苦,不忍心讲价。阿婆气色很好,脸上的肉红扑扑的。她说她一天可以卖掉一百多把扇子。我们在这里挑挑拣拣,磨蹭了好一会儿。

导游在前面等,说"升官"表演要开始了。一路小跑过去,同伴们都已坐在圆桌旁边,桌子中间放着个西瓜。老板娘拿着菜刀"气势汹汹"走来,大大咧咧地说:"50块钱一个,不讲价。要就开,不要就让开。"这么热的天,又累又渴,在旅游景点游客通常都是待宰的"羔羊"。"开吧……"我们话音刚落,老板娘手起刀落,唰唰唰,三下五除二,西瓜被切为20多片。

这下我们成了名副其实的"吃瓜群众"。

不一会儿,"升官"表演就开始了。我不知道是什么意思,拿着手机就钻进人群,往表演台的方向挤。原来是看仙水岩上的悬棺模拟表演。(当地人称升棺为"升官",谐音)

当飞云阁前的声声爆竹响起,唢呐奏出了道家乐章,有些哀怨,配上解说员深沉的声音,不觉悲伤弥漫。表演者便自峰顶轻轻腾空跳起,沿着垂直悬挂到江面的绳子而下,灵活的身躯在空中表演出许多令人惊叹的高难度动作。他们矫健的身姿横挂在绳索上,一会儿如猿猴攀缘,一会儿手展彩绸当空舞。当下滑到接近悬崖峭壁中的岩洞时,他们开始剧烈地摇晃绳索,借着惯性,迅速蹿入洞中。然后是地面上的楠木悬棺缓缓升空,上升到接近洞口时,岩洞里的人用短索牵引,地面的人则大幅度地摇晃绳索,借着悬棺在半空中左右晃荡的惯性,找准时机,上下合力把悬棺送入洞中……据说三位表演者都是当地艺高胆大的药农,祖祖辈辈都以采药为生。

这些精彩的表演让参观者提心吊胆地为他们捏着一把汗。每当他们完成一个动作，全场都会爆发出阵阵热烈的掌声和赞叹声以表庆贺。

"升官"表演结束后，解说员那充满磁性的声音再次响起："看升棺者可升官，看升棺者可富贵，看升棺者可平安……让我们伸出右手的大拇指，求古人给予我们庇佑。"我竖起大拇指，伸出去又收回。总觉得哪里不对劲，亲人去世，本来是多么悲伤的事，怎么就成了游客祈福的道具，成了赚钱的工具了？我突然觉得有些难过。古人最渴望的是一种安歇吧？安歇在虫鸣鸟叫的山间，聆听潺潺流水，拥有一份不被打扰的安宁。他们费尽心机，历经千辛万苦才将自己的祖先安放在自以为安全的洞穴中，到底还是被打扰了。这是当初的他们没有想到的吧？假如古人有在天之灵，请不要责备我们这些凡夫俗子如此戏谑的方式。

峭壁中又看见许多彼岸花，依旧见花不见叶，在风中摇曳。同伴以为我没有见过这种花，问我要不要写诗。我没有能力写诗，我越来越相信这是开在天国的花，我不知道每一朵花都藏着怎样的灵魂，不安或者祥和？痛苦或者快乐？

2017年12月刊发于《星河影视》

夜游周庄

车出上海，倏忽就到了周庄。那感觉，就像穿越时光隧道，繁华与喧闹，寂寥与宁静，反差太大了，让人感觉我们不是今人，而是穿着唐装的游客。周庄人质朴，不与显赫攀比。也正是这样，这个周庄，是独特的、鲜明的、最具个性的。那轮低垂的弯月，仿佛就是张九龄诗中"海上生明月"的那一轮，只不过被蚀了些许。

"上有天堂，下有苏杭，最美是周庄。"走进周庄，深宅大院，翘脊高檐，河埠廊坊，水苑幽弄，民居高低错落，杨柳岸边飞扬……一派"小桥、流水、人家"的恬然风光。

在周庄住的那个夜晚，晚饭后便迫不及待地要到周围闲逛，我们数人漫无目的地行走在这个梦中的江南。

周庄的夜很安静，红灯笼高高挂起，别有一番景致。同伴说很喜欢这种修旧如旧的感觉，不管走在哪里，都能看见那一座座古朴的小石桥。桥面一方一圆，一横一竖，样子很像古时候的钥匙，也有人称之为"钥匙桥"，仿佛一把钥匙，开启了通往小镇的大门。

我们走过一座"钥匙桥"，对面是小餐馆，餐馆门口有几个坐在板凳上的村民，对着我们询问："吃饭吗？""吃过了……"我们带着些许歉意去回复他们的热情，他们微笑致意，这让我们之间的对白像极了乡里乡亲间的招呼。

周庄的店铺不少，每个巷子时不时冒出一家。我们路过旗袍店："哇！太美了！""所有的东西我都喜欢！""真想有好多好多的钱，买下整家店。"……

我们变成异想天开的小女孩。卖旗袍的是个姑娘，淡定地看着我们，嘴角上扬，似乎对我们这种大惊小怪的游客司空见惯，又好像对我们的喜欢露出些许的成就感。我们离开，她微笑着说"再见"，虽然知道我们只是匆匆的过客，很难再见。

我们路过在小白鞋上涂鸦的大叔，他坐在店门口，专注地画着小熊，旁边整整齐齐放置了许多已经绘好的鞋子。我停下来问大叔鞋子怎么卖，他头也没有抬，一边涂鸦一边回答："鞋子不贵，主要是手艺，100块钱一双，喜欢就拿，不讲价。""嘻嘻，我还没开口就知道我要讲价了，神算子啊！"我笑。"问价的哪有不讲价的？但是我很实在的，要省下时间绘画。"他依旧是头也不抬，但是声音是慈祥的。

我们一直走，一直路过。慢悠悠的夜，有个白发苍苍的老爷爷在小小的屋子里弹奏着什么曲子，不知道算不算是悠扬，但多少给安静的夜增添了几分雅致。同行的大姐问一个坐在门口的大叔是不是原著居民，大叔说："是，你可能比我年纪大吧？""我肯定比你年纪大，我都60岁了……"他们像认识了很久的老朋友絮叨一小会儿。

遇见每一家小店，我们都会进去看看，和店主聊聊天，说说守摊的心情，淡泊、安详，脸上的笑也是淡淡的。

这里是如此淳朴，就像一张规整有序的时间表，记录着生命的浅滩和低谷，也记录着时间的流逝。生活依旧是原来的样子，没有流动商贩，没有时尚的服装和发型。一路走来，都是安静的街，精致的民间工艺品，民族风格的衣裙，绣花的围巾……周庄就是一个裹着头巾、穿着素白裙子在河边的石阶上浣衣的姑娘，在杨柳青青的岸边和你朴素相逢。

想起一个有名的历史故事："张翰，字季鹰，吴江人。西晋文学家和书法家。因思念家乡菰菜、莼羹、鲈鱼脍，便辞官返乡。"有如此美丽的故乡，这么温情脉脉的乡里人，无论是谁在何方，都会有浓浓的乡愁吧？何况是诗书俱佳的张翰。

行走在店铺林立的水乡古镇周庄，如同行走在故乡河源太平古镇的老街上，路过的每一个摊，经过的每一个人,都那么亲切而熟悉。原来,哪里的乡愁都是一样的,就像哪里的月亮也都是相同的。

$\qquad$ 2017 年 12 月 11 日刊发于《劳动时报》

找寻一棵树

天,有些沉,欲雨。我撑着粉红色的小伞,站在新丰江大堤上。说来实在有些惭愧,在河源生活了那么多年,还真没有站在这大堤上认认真真地看过这大堤的雄伟英姿。

大堤就像一条巨龙,凝重地卧在两山突兀的窄口处,有一种神圣不可侵犯的威严。春风拂面,细雨蒙蒙,伞下的我莫名就有了一种情愫,恍恍惚惚像宝玉初见黛玉时候说的话:"这个妹妹我曾经见过的,虽没见过,却看着面善,心里倒像是远别重逢一般。"这大概也是我此时的心境吧,有些似曾相识,有种怦然心动。

对面的山是阿婆山,阿婆山下的湖就是万绿湖。

翠绿翠绿的山,黛绿黛绿的水,嫩绿嫩绿的树层层叠叠铺在眼前,像一首感情浓郁的诗,又像是一幅色彩斑斓的画,里面隐藏着太多的东西。朗诵起来,平平仄仄,跌宕起伏;观赏起来,云雾缭绕,湖山苍翠。在那云里雾里,应该是住着神仙吧?是阿婆和她的孙女吗?她们在讲着怎样的故事?

我站在大坝中央,久久地凝视大坝下水流的方向,河面上漂浮着黄叶与落花。都说流水无情去,这一湍流水到底有没有眷恋过什么?它就如此决绝不舍昼夜地奔流到海?

正胡思乱想着,有人指着大坝下面的河床说:"那中间有一棵绝处逢生的树,水淹不死它。水漫过树梢的时候,它依然在生长,待水退了以后,就探出头来吸收明媚的阳光和清新的空气。它就这样艰难地生长着,年复一年。我估计建设大坝之前就在那里了,几十年了吧。"

我顺着他们手指的方向，费了好大劲，什么也看不到。因未能一睹树的容颜，我有些不甘心，一步三回头，也不过是满眼烟波徒留遗憾罢了。可能是缘分吧，我心里想，人生也不过如此，树和人亦然，有似曾相识的缘，也有擦肩而过的缘，缘深缘浅就看造化了。

回到市区，又开始被琐事所扰，有时被工作所累，有时被生活所压，渐渐地把那棵河中的树忘了。盼尽寒风萧瑟的冬，盼尽孤单冷清的夜，盼尽远近高低的梦……一个人在困难重重的时候，往往会有些伤感，有时独自凭栏回望，处处是荒凉。慢慢地，我变成一个性急的人，迫不及待地找寻一些东西，却什么也找不到。我开始心生恐惧，开始小心翼翼，不知如何面对这个我寄居着并深爱过的世界。

万般沮丧的时候，我突然又想起那棵未曾谋面的树，我决心再去一趟。

那是一个晴天，阳光洒落。小树就在泄洪道的前边，水是浅了一些，小树只是露出一半在水中飘摇，"宛在水中央"。这一次，我没有擦肩而过，而是认认真真地目睹了它生存的环境和生命的顽强。叶子是瘦瘦的，枝丫是瘦瘦的，一半的叶子曝露在阳光下，像个倔强的小孩，另一半却沉溺在水里，但它仍然在探着头，唱着歌，虽然唱得有些低沉和忧伤。这水也确实是太霸道、太无情了些，干吗不给小树一片干爽的地方，却让它一身湿透度过无数时光？但水也似乎没有什么不对，河床是水流心无旁骛地流到前方的道路，都说人往高处走，水往低处流，它又怎么给树一片干爽的沃土？……

我静静地坐在岸边的石头上，往小树生长的地方张望。小树仍然专注地挺拔向上，似乎习惯了冰凉湖水的冲刷。这实在是一棵让人肃然起敬的树。它在每一个涨潮的日子都期冀着退潮后的那一缕阳光，怀揣着耐心与希望、坚定与执着，直至涅槃重生。

返程时，我似乎听见小树在嘱咐行人"路上小心""沿途珍重"。我想我也该在某个荒凉处种一棵树，在绝望中学会坚强……

2017 年 7 月 23 日刊发于《湛江日报》

晒秋人家

"哇！这是什么花？"

"应该是'野菊花呀，野菊花，哪儿都是你的家……'唱的野菊花。"

"哇！板栗。"

"村姑没有见过板栗吗？大惊小怪。"

"哇！割稻谷，人工的。"

"受不了你……"

初游篁岭，坐在缆车上的我俯视眼前的梯田花海，绿树成荫……兴奋得像个考了满分的小女生，无所谓同伴的"鄙夷"。他们说我平时看起来似乎挺文静的，但是一激动就咋咋呼呼，一副没见过世面还不懂掩饰的村姑模样。

有人说，篁岭是一个让人相思的地方，因为这里有一大片相思林；有人说，篁岭是一个让人想家的地方，因为这里有小桥流水人家；有人说，篁岭是一个遇见幸福的地方，因为这里古朴宁静，灯火阑珊处总有美好……

此时此刻，盼只盼：

脚步啊，请你轻点，轻点，再轻点，不要打扰一朵花的悄然开放。

时间啊，请你慢点，慢点，再慢点，让我们有足够多的优雅欣赏风吹过的秋天。

我在这里听到一个很有意思的故事：很久以前，一个姓曹的人牵着一头牛路过这里，谁料到牛走到这个山清水秀的地方趴下赖着不走了。姓曹的人费劲九牛二虎之力也没能把这牛脾气降伏。迫于无奈，他就在牛的旁边焚燃一堆草和牛打赌,说如果第二天还冒烟就遂它的愿不走了。牛好像知道一样,耷拉着脑袋静静等候。第二天草堆果然还冒烟,说出去的话没法收回,曹家就全家搬迁到这里,世世代代,就有了现在的篁岭。在道教文化中,牛是忠的化身,感谢这头牛挑选了这个人间天堂。多想像一头牛一样,看见幸福的地方就赖着不走了。

我从这个故事中得到的启示是:即使你面对的是一头牛也要讲信用,说出的话收不回。我很认真地说出这句话,引来的却是幽默一笑。

漫步在石阶小道上,一排排数百年的香樟树散发出怡人的树香,一栋栋饱经沧桑的徽式建筑错落有序。经过格子红木窗台,卧着一只三花猫和一只黑白猫,不知道它们是一对恋人、一对朋友还是一对姐妹。它们时不时用前脚撩拨一下对方,继而伸伸懒腰,眯着眼睛看来往的人群,日子过得真是悠然自得。阳光洒落在窗台上,也洒落在攀爬于土墙的藤蔓上,非常写意。

爬上阁楼,就可以领略"晒秋人家"独特的乡村符号了。篁岭保存着良好的徽式古村落格局,村庄的房屋结构特殊,农家一楼大门前临大路,大门后是厅堂;户户二楼开后门可到达更高处的另一大路。由于地理环境局限,家家户户都是坡地建筑,没有平坦的地方可以晾晒农作物。民间的智慧总是令人惊叹的,房屋二楼前门拦腰上下砌墙,与屋外搭建的水平木头架连成一体,用以晾晒农副产品。晒晾农作物使用晒簟,既不占地方,又便于收藏,一举两得。

数十栋古老徽派民居在百米落差的岭谷错落排布,家家户户凿窗采光,支架晒物。目之所及的都是农作物,屋梁上挂着排排玉米,木头架上晾晒着晒簟,晒簟上是火红的辣椒、金黄的菊花、赤红的小豆、绿色的瓜果、圆溜溜的豌豆……五颜六色的农作物与黑色屋顶之间重重叠叠。有个晒簟用不同颜色的农作物摆出"喜迎十八大"的字样,这让游客会心一笑。——村民们用眺窗为画板,支架为画笔,晒簟为调色盘,绘出一幅色彩分明的秋收图。

可惜的是,眼前这些农作物只是再现晒秋人家过去的生活场景，我们所见的都是漂亮的摆设。辣椒还是那么红，豆子还是那么饱满，瓜果还是那么诱人，但是它们真的只是装饰，和塑料没有多大区别。装饰的东西整整齐齐，虽然好看，却少了生活气息，缺了烟火味。

忙碌的晒秋人家才不会这么悠哉地摆出好看的图案，他们忙着收割，忙着整理分类，忙着挂在墙上、晾在晒簟上，抢个好天气。庄稼人习惯了和天空作赌，把深深的期待都交给天空，盼个风调雨又顺，盼个丰收好年头。他们也不会一股脑儿晾晒所有的农作物，春晒山蕨，夏晒干菜，秋晒辣椒，冬晒果脯……一年四季延绵有序，有条不紊。

在生活中的人是很少有时间去喂养文艺心的，只有回过头去看的人才能望见像炊烟般升起的袅袅诗意，如不落的太阳温暖冬天的秘密。

我想真正有闲情逸致的估计是那时候的大家闺秀吧。我们去过一个大小姐的闺房，笔墨纸砚，琴棋书画，样样齐全。我坐在古琴旁，轻抚泛旧的弦——当年的大小姐弹奏的是什么曲子？有没有知音在楼下驻足倾听？她绣着鸳鸯的罗帕在谁的掌心柔软？在阁楼眺望的是谁家公子？这喜悦的晒秋场景可曾出现在她的画里？

村庄如画，田野似彩绸，却触动了我不可磨灭的晒秋记忆。我是客家人，生活在客家地区，住的是客家围龙屋。围龙屋前半部为半月形池塘，后半部为半月形的房舍建筑。两个半部的接合部位由一长方形空地隔开，空地用三合土夯实铺平，叫"禾坪"（或叫地堂），是居民活动或晾晒的场所。我们的地堂上晾晒的通常都是稻谷，家家户户门前的一地金黄也是一道风光。就像歌儿唱的，"我们坐在高高的谷堆旁边，听妈妈讲那过去的事情"是我们童年最大的欢乐。

我们也会在屋梁上横一根竹竿挂上大蒜、葱头。记忆中最为壮观的是屋梁上一排排带荚的黄豆。青色的豆荚被风晾干，时不时会崩落一两颗豆子的时候，就会在夜晚爬上木梯一把一把取下来，堆在地堂的一角，一家人搬来小板凳拿着小棍子咚咚地捶打黄豆荚。那时候的围龙屋住着十几户人家，家家户户坐在地堂上就着月光时而迅速时而缓慢地敲打着。

一粒粒饱满的豆子跳出来,调皮的孩子拿着豆子你扔我一颗,我扔你一粒。长辈们唠嗑的空当还不忘打骂一下小孩。月凉如水,秋老虎的热浪一点点散去,虫鸣鸟叫唤来桂花香,嬉笑怒骂间全是生活最初的样子。

篁岭晾晒农作物即使是漂亮的摆设也是真实的玉米庄稼,也是一种念想,也是对过往生活记忆的一种凭证。而我们回去的老屋,再也没有黄豆,没有大蒜,没有葱头。我们的晒谷场再也听不见欢声笑语,那里的树影、月光、花香都飞散在寂寞的夜里,无处安放。我们的念想除了破碎的瓦砾就是满屋的蜘蛛网。

置身在这粉墙黛瓦、青山绿水之中,却再也没有心思欣赏美丽乡村童话的诗情画意,好像有什么东西随着奔流的小溪,流走了……

2017年12月1日刊发于《劳动时报》

阅读心情

妙玉,一个人的地老天荒

妙玉是喜欢宝玉的。这是一份从开始就注定了无望的感情,注定了是她一个人的地老天荒。默默地关注一个人,静静地伤感着一份永远不会降临的感情,就像无根的水,在云海漂泊,无所依附。

多少人讽刺她身为佛门修行中的人,却六根未净,尘缘未断。每个人的人生都是一场修行,可是修行本来就是很艰难的事。她的苦,我们看不到。

妙玉本是苏州人氏,祖上也是读书仕宦之家,是富贵人家的小姐。因自小多病，买了许多替身儿皆不中用，才入了空门，在玄墓蟠香寺出家，方才好了，所以带发修行。她本来就不是因为看破红尘自愿守着一份冷清在古佛旁度日，是客观原因造成的不得不，也怪不得她有放不下的尘缘。

住进大观园栊翠庵的时候，她是一个带发修行的尼姑，更是一个处于青春年华的少女，有着那个年纪的女孩最细腻的情感。所以，她对翩翩公子宝玉芳心暗许也是非常正常的事。

《红楼梦》第四十一回，宝钗、黛玉、妙玉吃梯己茶，宝玉悄随。妙玉用自己的绿玉斗给宝玉斟茶，却故意正色道："你这遭吃的茶是托他两个福，独你来了，我是不给你吃的。"宝玉笑道："我深知道的，我也不领你的情，只谢他二人便是了。"妙玉听了，方说："这话明白。"

她的心里最盼望来的那个人就是宝玉吧？她悄悄地盼望唇齿之间的记忆以慰往后的孤单，到底他还是没有喝这个绿玉斗。"山有木兮木有枝，心悦君兮君不知。"

这才是一个女子心中最疼痛的呐喊。可是，就是宝玉知道了又能怎样呢？他们的生命隔着一条宽宽的河流，无论怎么努力，也无法泅渡到他的那一岸，那沉在河底的情感，终究是一场单相思。

她的在意，就是不和他们同一个世界的贾环都可以看出来："妙玉这个东西是最讨人嫌的！他一日家捏酸，见了宝玉，就眉开眼笑了。"话虽然难听，却也透露出她掩饰不住的情感。那种故意疏离，多少都有些地无银三百两的意思。每个人的爱情都有过这样的阶段吧——表面上平静如水，内心却早已天翻地覆，如煎如熬。

黛玉因问："这也是旧年的雨水？"妙玉冷笑道："你这么个人，竟是大俗人，连水也尝不出来。这是五年前我在玄墓蟠香寺住着，收的梅花上的雪，共得了那一鬼脸青的花瓮一瓮，总舍不得吃，埋在地下，今年夏天才开了。我只吃过一回，这是第二回了。你怎么尝不出来？隔年蠲的雨水那有这样轻浮，如何吃得。"

妙玉讽刺黛玉是个大俗人，可整个大观园的人都觉得黛玉是个神仙般的女子，从来不会有人觉得她俗气，和宝玉青梅竹马，是最要好的一对。所以妙玉有些吃醋，潜意识里会有一种比较，虽是品茶，却成了一场品位的较量。不知道这样浅淡的优越感会不会让妙玉心里多少有一些安慰。她可以在搬家的途中将一瓮梅花雪水背来背去，却没有能力正视自己的情感。这份沉重又岂是一瓮雪水可比拟的？

年华越来越瘦，痴情越酿越深。她曾给宝玉那些梅花，赠宝玉生日帖。无论是宝玉访红梅时还是赠宝玉生日帖时，所有青春年华的人都在现场，唯独缺了妙玉。就算满院的红梅相伴，她也是冷清的，所有的繁华热闹都和她没有关系。她毕竟是带发修行的女尼，就算她"气质美如兰，才华馥比仙"，却依旧在庵堂寂寞里虚度了青春，"辜负了红粉朱楼春色阑"，"到头来，依旧是风尘肮脏违心愿"。

纵然妙玉是孤傲的、古怪的，甚至是不近人情的，我依旧很心疼她，在那样如花似玉的年华里这样无助、无望地爱着一个人。她的痛苦与寂寞，或许只有经历过类似情感的人才会懂得吧。

我是多么期盼妙玉也过上正常人的生活，有权利选择有权利爱，而不是在各种压抑中让自己成了"僧不僧，俗不俗，女不女，男不男"的"畸人"。

2018 年 6 月 10 日刊发于《北京晚报》

宝钗,不被理解的人最可悲

作为皇商之女,她外表端庄:生得肌骨莹润,举止娴雅,唇不点而红,眉不画而翠,脸若银盆,眼如水杏。她才华出众:自小读书识字,亦"杂学旁收",对文学、艺术、历史、医学以至诸子百家、佛学经典,都有广泛的涉猎;她温婉贤淑:到荣国府没多久就赢得了上上下下的好感。

她的善良体贴在很多细节上都有体现:生日点的戏是贾母爱看的热闹戏文;王夫人的丫环金钏儿投井自

杀，她毫不忌讳用自己新做的衣服去给金钏儿妆裹；邢岫烟与迎春共住，被丫头婆子欺负，当了棉衣，她理解邢岫烟家道贫寒的困窘，悄悄替邢岫烟赎回；史湘云要做东办诗社，她理解湘云幼年无父无母在叔叔婶婶身边的尴尬与苦楚，拿出家里的螃蟹替史湘云安排；她知道孤苦伶仃的香菱羡慕大观园已久，就带她入园，香菱学诗学到诸事不管，她也宽容不计较；她怜悯黛玉身体单薄无依无靠，将自家的燕窝送她；哥哥带了东西回来，她各处送礼，连赵姨娘、贾环都不落下，赢得了赵姨娘的称赞……

可是，就是这样一个玲珑剔透、事事周全、有着真挚情感的宝钗，却常常被误解。无论她做多少好事，人们都觉得是向来虚伪的她装出来的，是她的处事本能，成了习惯，是一种讨好，是笼络人心，并不是真的善良。

我就觉得奇怪了，她懂事、她体贴怎么就不对了呢？如果对别人好只是个习惯，那也是个好习惯，也是不应该被贬得一文不值的。普天之下，谁能天长日久地保持这种"习惯"？一个常常体贴他人、理解他人的人却很难被理解，这是宝钗的悲哀。连生性多疑、冰雪聪明的黛玉都承认自己对宝钗的误解："你素日待人，固然是极好的，然我最是个多心的人，只当你心里藏奸。"所以，对宝钗误解这么深，世人是不是也多心了呢？

宝钗，一个十来岁的女孩子，没有父亲，哥哥又是个不学无术、整天惹是生非的呆霸王。在古代生存艰难的大家庭里，她要学会自保，还要能事事周全，体谅他人的难处，已属不易，还要对一个女孩子有什么更多的要求？她很敏感，特别能够察言观色，愿意成人之美，这不代表她对别人好就是虚情假意。

由于父亲早逝，家里大大小小的事薛姨妈都和她商议，她从小就被当大人看待，并不是在呵护下成长的女孩。她曾和黛玉说私房话的时候说过："我们是一样的，我虽有个哥哥，你也是知道的，只有个母亲比你略强些，咱们也算同病相怜。"宝钗很少透露自己的心事，但是她的内心也是和黛玉一样觉得无依无靠，极其孤独。她对哥哥是恨铁不成钢，可是铁就是铁，你再恨他也成不了钢。所以她被迫地成长，过早地成熟，懂事得令人心疼。

一个无忧无虑的孩子，又怎么需要努力去适应大人的世界？她也曾是个天真烂漫调皮的小姑娘："你当我是谁，我也是个淘气的。从小七八岁上也够个人缠的。我们家也算是个读书人家，祖父手里也极爱藏书。先时人口多，姊妹弟兄都在一处，都懒看正经书。弟兄们也有爱诗的，也有爱词的，诸如这些'西厢''琵琶'以及'元人百种'，无所不有。他们是偷背着我们看，我们却也偷背着他们看。"没有人知道她是在什么时候、在什么情况下把童年弄丢的。她变得小心翼翼，甚至会不自觉地隐藏一些本我的东西。大家在说她假、说她虚伪、说她心机重的同时，很少有人去理解她的可怜与苦楚。

有一次被呆霸王哥哥说了很重的话："好妹妹，你不用和我闹，我早知道你的心了。从先妈和我说，你这金要拣有玉的才可正配，你留了心，见宝玉有那劳什骨子，你自然如今行动护着他。"宝钗气怔了，她难过地拉着薛姨妈哭。虽是满心委屈气愤,又怕母亲不安,只得别了母亲,到房里独自哭了一夜。

一个看起来特别阳光的人,哭了一夜,是真的很悲伤吧?即使如此,还要顾及母亲的感受,怕母亲不安。宝玉不爱宝姐姐爱林妹妹,这并不代表宝钗不够好。感情的事,本来就没有什么道理可言。就算她才貌双全、贤良淑德,挂有一把錾有"不离不弃,芳龄永继"的金锁,与贾宝玉随身所戴之玉上所刻之"莫失莫忘,仙寿恒昌"恰好是一对,天赐的金玉良缘,那又如何?宝玉心心念念的是木石前盟。心事那么重,却被自己的亲哥哥说出来,是何等难堪。

薛宝钗进京的目的,书上写得很清楚:近因今上崇诗尚礼,征采才能,降不世出之隆恩,除聘选妃嫔外,凡仕宦名家之女,皆亲名达部,以备选为公主郡主入学陪侍,充为才人赞善之职。不知道是什么原因却落选了,只能一直住在贾家,这已是十分尴尬了。在朝夕相伴的大观园里,花季年华的宝钗对翩翩公子宝玉暗生情愫,并不难理解。

元妃省亲时，姐妹们作诗。宝钗和黛玉在自己交了卷之后，看到宝玉苦思不已，便都替他着急，都想帮忙。宝钗瞥见宝玉正作《怡红院》一首，起草内有"绿玉春犹卷"一句，趁人不注意悄悄提醒："他因不喜'红香绿玉'四字，改了'怡红快绿'；你这会子偏用'绿玉'二字，岂不是有意和他争驰了？况且蕉叶之说也颇多，再想一个改了罢。"宝玉见宝钗如此说，便拭汗说道："我这会子总想不起什么典故出处来。"宝钗笑道："你只把'绿玉'的'玉'字改作'蜡'字就是了。"宝玉道："'绿蜡'可有出处？"宝钗见问，悄悄地咂嘴点头笑道："唐钱珝咏芭蕉诗头一句'冷烛无烟绿蜡干'，你都忘了不成？"宝玉听了，不觉洞开心臆。在对待宝玉的心上，宝钗和黛玉是一样的，只是表现的方式不一样。

第三十六回，宝钗意欲寻宝玉谈讲以解午倦。顺着游廊来至房中，只见外间床上横三竖四，丫头们都在睡觉。转过十锦槅子，来至宝玉的房内。宝玉在床上睡着了，袭人坐在宝玉身旁做针线。袭人手里是个白绫红里的兜肚，上面扎着鸳鸯戏莲的花样，红莲绿叶，

— 221 —

五色鸳鸯。宝钗道:"嗳哟,好鲜亮活计!这是谁的,也值的费这么大工夫?"袭人向床上努嘴儿。宝钗笑道:"这么大了,还带这个?"袭人笑道:"他原是不带,所以特特的做的好了,叫他看见由不得不带。如今天气热,睡觉都不留神,哄他带上了,便是夜里纵盖不严些儿,也就不怕了。你说这一个就用了工夫,还没看见他身上现带的那一个呢。"袭人出去后,"宝钗只顾看着活计,便不留心,一蹲身,刚刚的也坐在袭人方才坐的所在,因又见那活计实在可爱,不由的拿起针来,替他代刺"。一个未出阁的少女,坐在床前,一针一线细细地缝着贴身衣物,这个暧昧的场景,在当时是有些荒诞的。连黛玉在窗外,见了这景况,都要笑出来。宝钗是何等大方得体,如果不是喜欢一个人,又怎么会做出如此失礼的事?

最让人大做文章的就是扑蝶事件。这一天是"未时交芒种节",大观园的姑娘们都出来玩耍,独不见黛玉,宝钗要到潇湘馆去找黛玉,后来见宝玉进了潇湘馆,宝钗想到黛玉好猜疑,这个时候如果跟着宝玉进去，一则宝玉不便，二则黛玉嫌疑，想到这里就回来了。路上她见到一双玉色蝴蝶，便意欲扑了来玩耍，并一直跟到大观园滴翠亭外。这时宝钗听到亭内宝玉的丫鬟红玉与坠儿在说贾芸的事情，宝钗听到心中吃惊，因想到："今儿我听了他的短儿，一时人急造反，狗急跳墙，不但生事，而且我还没趣。"由于她已经到了亭外，躲不了了，所以使了个"金蝉脱壳"的法子，故意喊"颦儿，我看你往那里藏"，还问红玉、坠儿："你们把林姑娘藏在那里了？"

虽然我不赞成她这样做，但是认为宝钗是"心机婊"，嫁祸黛玉，这对她来说未免太重。她扑蝴蝶之前本来就是去找黛玉的，心里或许正念着黛玉，又或许是她潜意识里的脱口而出。如果每个人心中都有一个结，黛玉也是宝钗的结。黛玉与宝玉的那种亲，是她无论怎么努力都到达不了的高度。可能她冒出这句话的时候，连自己都吓一跳。对待感情，哪个女生没有过自己的小心思呢？

诚然，宝钗的这一表现是不够厚道的，但是我们不能对一个小女孩过于苛刻,她是人,不是神。她有许多优点,也有不足。芸芸众生,谁又是完美的呢?

2018年5月22日刊发于《红楼梦研究》

被侮辱的情与爱

读《红楼梦》是一件自讨苦吃的事。"世间本无事,庸人自扰之。"当我读到第十一、十二回"见熙凤贾瑞起淫心""王熙凤毒设相思局"时,情绪就真的被绞成一团乱麻,道不尽的情感悠悠。贾瑞来找凤姐,按约定晚上钻入穿堂,腊月天寒,被冻了整整一晚而归。爷爷贾代儒惩罚贾瑞跪在院内读文章,并打了三四十大板,还不许吃饭。"贾瑞直冻了一夜,今又遭了苦打,且饿着肚子,跪着在风地里读文章,其苦万状。"第二次又在凤姐房后小过道里那座空房子，被贾蓉、贾蔷捉弄，其肉体、精神均遭凌辱，憎憎然。贾瑞最终不听跛足道人之言，正照"风月宝鉴"，一命呜呼。思绪流淌到这里，不得不让人佩服曹雪芹，贾瑞死就死了，却让读者生生地赔出许多感慨来，明知是苦，偏要去吃。

贾瑞求爱于嫂子凤姐，固然是错，她终究不是一个该爱的人。可是这本来是一场单相思，以凤姐的威严完全可以断然拒绝他，甚至可以大声训斥他，但她并没有这样做，却设毒计害他，这让人不寒而栗。或许对于高高在上的凤姐来说，被一个身份极其卑微的人爱慕本身就是一种侮辱，因被拉低了身份，恼羞成怒，遂心生毒计。贾瑞第一次在园中遇见凤姐，有不敬之意的时候，他原本以为凤姐会打他一巴掌，骂他一顿的吧，可是凤姐没有。"凤姐儿是个聪明人，见他这个光景，如何不猜透八九分呢"，却还是向贾瑞假意含笑，道什么"等闲了咱们再说话儿罢"。这给一个二十来岁的青年极大的诱惑，末了还不忘承上一句，"你快入席去罢，仔细他们拿住罚你酒"。陷入情网的贾瑞，"身上已木了半边"。如果这不是爱,又有什么魔法可以让一个人为了一句貌似关心的话呆愣半天?

错把假语当真言,贾瑞很听凤姐的话,也曾为她的甜言蜜语"亦发酥倒""喜得抓耳挠腮"。凤姐一句"放尊重着",贾瑞就像听见纶音佛语似的,慌忙后退。殊不知"凤姐在这里便点兵派将,设下圈套"。不爱一个人没有关系,可怕的是给了他不切实际的幻想,然后又硬生生地把这美梦打破。她把贾瑞的示爱当冒犯,一步一步设局让他进入她的圈套,不能自拔。

总感觉,贾瑞怎么说也算是个老实人,身世也可怜。"贾瑞父母早亡,只有他祖父代儒教养。那代儒素日教训最严,不许贾瑞多走一步,生怕他在外吃酒赌钱,有误学业。"那日被凤姐捉弄,白白冻了一夜,被祖父责罚,祖父说:"自来出门,非禀我不敢擅出,如何昨日私自去了?"可以看出,贾瑞平时去哪里都要跟祖父禀报,他其实也没有做过什么大逆不道的事。可他挨骂受罚,却没有一个人出来护着他,实在是让人很同情。或许有个母亲疼他,商量着给他娶个媳妇,他也不至于如此。他出生在一个卑微的家庭,他只是一个卑微的个体,但再卑微也是人,他也有爱有情有欲。哪曾料到,情欲却成了他无法自控的悲哀,也成了他的劫难!

照理说,贾瑞吃了教训,也该知道凤姐是在整他,可是他执迷不悟,看不清真相。爱情里最大的悲哀就在这里。也许是当局者迷,也许是情痴致傻,自古都如此,陷入感情里的人通常智商为零。再见面凤姐假装抱怨他失信,贾瑞还傻傻地着急立马起誓。他居然傻到宁愿相信凤姐来了,还发誓证明自己没有失约。凤姐就是要他死的,他却浑然不觉。他太在意自己的痴了,所以患得患失,即使是谎言也要找理由去相信。信,比不信幸福,信着的时候至少心里有爱有期待,人有时候是需要抱着一点幻想支撑下去的。也许他真的没有爱过别人,一个真正花心的人是不会在同一个人身上吃尽苦头的吧?这也许就是贾瑞的悲哀所在。

于是便有了接下来的捉弄,情欲熊熊燃烧时,被贾蓉、贾蔷捉弄,极其丑陋的一面出现在两个侄子辈面前,会是一种怎样的难堪和无地自容?更不用说"一净桶尿粪从上面直泼下来，可巧浇了他一头一身"。读到这里，我真觉得心里难受。一个压根就没有得到过一丝爱的人，被羞辱得遍体鳞伤。有人说他咎由自取，我实在不敢苟同。如果爱情是一种劫难，那么凤姐就是贾瑞的生死劫，而他，在劫难逃！这一回，他是彻底知道了凤姐是在玩弄他，可是依旧恨不起来，依然对她念念不忘。情欲是一把熊熊烈火。他病倒在床上，渴望救赎，渴望逃离，可最终还是死心塌地死在自己的幻想里。凤姐、贾瑞，贾瑞、凤姐，导致了爱的悲剧和惨烈，该如何咀嚼其中的奥妙？该如何咀嚼曹雪芹的良苦用心？

贾瑞的一生是难堪的，悲哀的，他手里有一面镜子，可以看见生命尽头可怕的骷髅，也可以看见人生华美的迷惑。贾瑞选择了后者。贾瑞本身也是一面镜子，他可以照见人间最纯美的爱，也可以照见最肮脏的淫欲！可是，在人性面前到底谁比谁更肮脏？到底谁侮辱了谁的情与爱？不知道。

2018 年 3 月 25 日刊发于《中山日报》

自讨苦吃是较劲

读书会产生一种游走的思绪。近读《红楼梦》，思绪就像放爆竹时点燃的导火索，迅速而奇妙。人们总是会自觉或不自觉地和他人比较，比外貌，比学历，比财富……比一切看起来可比却没有意义的事物。就像曾经流传的一句话，我们想要的不是幸福，而是比别人幸福。而比较，除了让虚荣心得到片刻的满足，大多数都是痛苦的。常言道："人比人得死,货比货得扔。"这个世界永远有人比你优秀，比你年轻，比你漂亮，比你努力，比你更闪亮，比到最后是比得一塌糊涂，一无是处。

就像白雪公主的继母，这个王后长得非常漂亮，有享不尽的荣华富贵，却总是对着魔镜问："这儿所有的女人谁最漂亮？"只要听说有人比她漂亮，她都不能忍受。直到有一天，魔镜回答："白雪公主要比你更加漂亮！"她心里就充满了愤怒和妒忌，脸也变得苍白起来，于是就起了杀心。皇后本来可以很幸福，却一定要去比较，不甘心有人比自己更漂亮，最后气昏了自己，一病不起，在嫉妒、愤恨与痛苦的自我煎熬中死去了。

"宠辱不惊，闲看庭前花开花落；去留无意，漫随天外云卷云舒"，参一分浅浅的禅意，让日子过得诗意。这可以看作治疗嫉妒的良方苦药，不过也是非常难的，道理是这样，做到实属不易。聪明如黛玉，也一生都在和宝钗比，宝钗就像她生命中一个解不开的结。宝玉对袭人好，对大观园的每个女孩子好，她都可以不在乎，唯独对宝钗好，她就要伶牙俐齿地酸宝玉，宝玉若不哄她开心就越发气闷,向窗前流泪。有一次正和宝玉闹别扭,宝钗把宝玉叫走了,虽然没两盏茶的工夫宝玉又回来了,黛玉却很生气,对宝玉说道:"你又来作什么?横竖如今有人和你顽,比我又会念,又会作,又会写,又会说笑,又怕你生气拉了你去,你又作什么来?死活凭我去罢了!"其实她哭就是因为宝钗,寻死觅活的就是因为在吃宝钗的醋。黛玉是清高的,大观园里无人能和她相提并论,偏偏来了个也十分优秀的宝钗,做事周全,听话乖巧,吟诗作对,样样都不输给别人。这让黛玉失去了安全感,只要宝玉去了宝钗那儿,黛玉心里就会不舒服,要闹脾气。

偏偏有没心没肺的史湘云,哪壶不开提哪壶,来一句:"你敢挑宝姐姐的短处,就算你是好的。我算不如你,他怎么不及你呢。"黛玉听了,冷笑。有的人你不提总是有人会帮你提起,逃不掉也躲不过,还是会不自觉地对比。

还有一个最明白的例子是宝玉的奶妈李嬷嬷。第八回写到宝玉从梨香院吃酒回到绛芸轩,半醉中接过茜雪捧上的茶,吃了半碗,忽又想起早起的茶来,因问茜雪道:"早起沏了一碗枫露茶,我说过,那茶是三四次后才出色的,这会子怎么又沏了这个来?"茜雪道:"我原是留着的,那会子李奶奶来了,他要尝尝,就给他吃了。"宝玉听了,将手中的茶杯只顺手往地下一掷,豁啷一声,打了个粉碎,泼了茜雪一裙子的茶,又跳起来问着茜雪:"他是你那一门子的奶奶,你们这么孝敬他?不过是仗着我小时候吃过他几日奶罢了,如今逞的他比祖宗还大了。如今我又吃不着奶了,白白的养着这个祖宗作什么!快撵了出去,大家干净!"宝玉是李嬷嬷一手带大的,说是她一生的心血也不为过,如今却要为了一杯留给袭人的茶生气到要撵她。小事一桩,却闹出大动静来了。

有一次,宝玉替袭人留了一碗糖蒸酥酪,准备袭人晚间回来的时候给她吃。李嬷嬷来后听说是给袭人留的,赌气把酥酪吃个一干二净。宝玉又要发作,被袭人劝住了。李嬷嬷心里是极其痛苦的吧?她会和袭人比,和新来的丫鬟比,是因为她曾经是宝玉的奶妈,极其优越，可是在宝玉眼中她还不如新来的丫鬟，越想越悲哀，心里放不下，觉得没有面子，被忽略，所以就去闹袭人，骂很难听的话。宝玉告诉李嬷嬷袭人生病了，听了这话，李嬷嬷越发气起来了，说道："你只护着那起狐狸，那里认得我了，叫我问谁去？谁不帮着你呢，谁不是袭人拿下马来的！……把你奶了这么大，到如今吃不着奶了，把我丢在一旁，逞着丫头们要我的强。"这才是李嬷嬷闹袭人的真正原因，她委屈的是自己受了宝玉的冷落，这有点像妈妈责备儿子"娶了媳妇忘了娘"的心态。她骂得越难听，说明她内心越痛苦，她越是深陷得不能自拔。

《红楼梦》是世人公认的"社会百科全书"，既是"百科"，自然就有了人世间无时不在、无处不在的人生心态——"比较"，这比较应该是最切实、最透彻的。

我们每个人都是在人生路途上艰难跋涉的个体，有时自卑，有时自傲。那些求之不得的，常常是别人丢弃不要的；在不同的位置，很难做到感同身受。我们能够做的就是一如既往地努力，让自己内心变得强大起来，尽可能地把内在的、外在的比较抛到九霄云外，让每一分艰难都充满意义，让每一分存在感都不是"比"出来的。

  2018 年 1 月 24 日刊发于《劳动时报》

既然情深,何惧缘浅?

一个从小一起长大的兄弟半夜打电话来,说他失恋了。他的爱情像是一部长长的小说,他曾喜欢过隔壁班的同学,穷追不舍了七八年,最终女生被感动了,见过家长,后来却还是分手了,分手的原因是他和另外一个女同学去看电影了。

我问他到底爱不爱她,为什么不解释呢?他说不想解释了,于是就散了。她可能觉得他得到了就不珍惜,瞒着她跟别人看电影去了;他可能觉得她不够信任自己,看个电影而已,大惊小怪。分手的时候,听过他诉苦,他是爱她的,可是她不回头,执拗地从他的世界里消失了。人,总是在不经意间,疏忽了那些爱情,淡忘了那些热切追求的渴望,放弃了曾经苦苦坚持的东西。每当听到这样的故事,心里总是飘忽着沧桑悲凉之感。一段感情的开始或者结束,说不清谁对谁错。忽然就想起《何以笙箫默》里的一句台词"既然情深,奈何缘浅"。在感情到了无可挽回的地步时,总是归结为缘浅。这样理解的话,或许会让难过的心好过一点。在我看来,不用很努力就可以轻易退出一个人的感情世界,他们之间是爱得不够多。真的爱情,是一个在闹的时候另外一个愿意哄,一个在道歉的时候另外一个选择包容。

年轻的时候,我们都期待过这么一个人,会对自己好,会只对自己好。一份不浮夸却实实在在的爱,任岁月怎么斗转星移,任世间怎么沧海桑田,都会还在,一直会在。如今时间过去很久了,那些期待与幻想都离我们很远了,只是想起用这种青春的方式去爱的感情,虽然有些遗憾,也曾亮过天边最美的星星。那些山盟海誓，那些说过的此生不渝，那些一起走过的路、说过的话、遇见过的风景，都随着那一声"缘浅"随风而去。

我们长到一定的年纪，开始明白一份纯纯粹粹的感情是多么难能可贵。只要感情足够深，是不害怕缘分或深或浅的；怕只怕缘深，情浅。我不知道这个世界有没有前世来生，记得黛玉初见宝玉的时候暗忖："好生奇怪，倒像在那里见过一般，何等眼熟到如此！"宝玉也快言快语来一句："这个妹妹我曾见过的。"这样一眼万年的深情，是上辈子的缘还是这辈子的情？

宝玉、黛玉也是一对经常闹别扭的恋人，他们每次见面都在拌嘴，只为了让对方证明自己有多重要。脑海中总是浮现一个画面：黛玉泪如雨下，宝玉一遍又一遍哄着"好妹妹"。

印象最深的一段是，林黛玉听说宝玉的荷包给小厮分去了，赌气回房，将前日宝玉烦她做的那个香袋儿，赌气拿过来就铰。宝玉见她生气，便知不妥，忙赶过来，早剪破了。黛玉是个"宁为玉碎，不为瓦全"的人，她的感情很纯粹，她会生气、会吃醋。宝玉"忙把衣领解了，从里面红袄襟上将黛玉所给的那荷包解了下来，递与黛玉瞧道：'你瞧瞧，这是什么！我那一回把你的东西给人了？'"这里真让人感动！他把所有的荷包都挂在外面，唯有黛玉送的藏在里面红袄襟上。

"林黛玉见他如此珍重，带在里面，可知是怕人拿去之意，因此又自悔莽撞，未见皂白，就剪了香袋。因此又愧又气，低头一言不发。"黛玉明明知道自己错了，但是她也不道歉，只是沉默不语。正如陈奕迅唱的"被偏爱的都有恃无恐"。宝玉不想黛玉生气，所以让步，妹妹长妹妹短地赔着不是。我想，每个女孩都是沾着晨露的花，娇艳欲滴、一尘不染又妖娆迷人。因为对一个人的重视，终有一天丢失了风度。可是在懂的人眼里，失去了风度的她依然是可爱的，他懂她不可理喻里的饱含情深。

林黛玉的性格和三毛倒是有点相像的。三毛说过"如果你给我的，和你给别人的是一样的，那我就不要了"。这些看似矫情的话语，说到底是因为在乎。

她们都需要一份独一无二的爱和感动，如果给了你的，你给了别人，以后就别想再要了；如果给我的东西和给别人的一样，我也不要了。

三毛在《梦里花落知多少》中写过一段往事：荷西怒喊了一声"你这傻瓜女人！"三毛就生气冲进浴室拿了剪刀便铰头发，边铰边哭，长发乱七八糟掉了一地。荷西离家出走，清晨5点多他轻轻地回来了，三毛哭肿了脸。荷西用冰给她敷脸，又拉她去看镜子，拿起剪刀来替她补救剪得狗啃似的短发。一刀一刀细心地给她修整齐，口中叹着："只不过气头上骂了你一句，居然铰头发，要是一日我死了呢——"他说出这样的话来令三毛大哭，两人抱在一起缠了一身的碎发……三毛铰头发和黛玉铰香袋儿的情形是如此相似，都是因为在意，因为生气，也不缺乏撒娇。可是这样的无理取闹，总是需要一个人去让步的，如果那个他愿意回头去哄，舍不得她难过，感情就会变得愈加甜蜜。

无论三毛与荷西还是黛玉与宝玉，他们的感情都深不见底，那种亲，只有深爱彼此的人才能感受得如此真切。可是他们都是缘分极浅的人。荷西去世，三毛后来便郁郁自杀；黛玉去世，宝玉后来出家当和尚……或许这样的开头与这样的结尾和太多的故事很相似，但是那不是同一出戏。只有你自己知道在你心中那个人有多重要或者让你多么痛苦，只有你自己知道还有多少在乎。原来所谓的情深缘浅不过是借口罢了。

2017 年 12 月 10 日刊发于《中山日报》

只有用心才能看得清楚

作为一个成人，我实在不好意思说出口，我还在反复地读法国作家圣艾修伯里著的童话《小王子》。我常常沉浸在至纯至美的故事中，听小王子讲他的星球、他的玫瑰花，他去过的星球、遇见过的人、驯养过的小狐狸……

最初的最初，我希望自己是那朵玫瑰，有对我悉心照料并对我牵肠挂肚的小王子，我羡慕她的幸福。可是慢慢地我开始希望自己是那只小狐狸，因为它被驯养过，并被珍惜。它知道重要的东西是眼睛看不见的，要用心才能看清楚。是的，能做一只活得透彻明白的狐狸又何尝不是一种幸福呢？

小王子遇见狐狸时，他正因为发现自己的玫瑰花不是独一无二的而哭泣，他请狐狸陪他玩，狐狸拒绝了。

"我不能跟你玩，"狐狸说，"我还没有被驯养。"

"对我而言，你只不过是个小男孩，就像其他千万个小男孩一样。我不需要你，你也同样用不着我。对你来说，我也不过是只狐狸，就跟其他千万只狐狸一样。然而，如果你驯养我，我们将会彼此需要。对我而言，你将是世界上独一无二的了；我对你来说，也是世界上独一无二的了。"

狐狸向小王子描述："如果你驯养我，那我的生命就会充满阳光，你的脚步声会变得跟其他人的不一样。其他人的脚步声会让我迅速躲到地底下，你的脚步声则会像音乐一样，把我召唤出洞穴。"

小王子驯养了狐狸，他要离开的时候，小狐狸哭了。

"那你还是什么都没得到吧……"小王子说。

"不，"狐狸说，"我还有麦田的颜色，我会告诉你一个秘密，它很简单：只有用心才能看得清楚。最本质最重要的东西，用眼睛是看不见的。"小王子终于明白他的那朵花和玫瑰园的花不一样，因为只有那一朵才是他付出过时光的、驯养过的花，那朵花在小王子心中变得如此重要。人们总喜欢把什么东西牢牢地攥在手心，而记忆，无形无骨，却真实地存在着，在心中。

大人们每天都很忙，你忙完了换我忙，我忙完了换他忙，周而复始，像小王子去过的星球遇见过的人那样，为占有、为权力、为虚荣……不停地忙着。大人们甚至不知道自己到底要什么，为什么忙，而孩子们是知道的，正如小王子说的："只有孩子们知道他们在寻找什么，他们会为了一个破布娃娃而不惜让时光流逝，于是那个布娃娃就变得十分重要，一旦有人把它们拿走，他们就哭了。"小孩子不知道一个破布娃娃值多少钱，但是他们整天抱着它，和它说话，依赖着它，有着深深的感情，这个破布娃娃就变得比任何东西都有价值了。

他们渴望一样东西,是因为这东西给生活带来了真实的意义,和金钱无关。

只有小孩子才会生活在美丽的花朵和可爱的动物之间。在他们眼中,花卉和青草、禽鸟和昆虫都是有思想的生灵,他们互相谈话,交换礼物,像朋友一样相处。这种生活中的真性情,是大人们所缺乏的。只是很少有人记得,每个大人都曾经是孩子。所以,大人们都忘记了曾经的自己也有过那些平淡轻盈的幸福,它们就像水晶一样珍贵剔透,变成大人后,又像玻璃一样碎了。

希望有一天我们会明白,眼前许多的繁华都不过是渺渺云烟,只有心灵深处的东西才是最重要的。希望我们都活得像小孩般单纯自然,闭上眼睛,用心去看清楚什么才是生命中最重要的,并为此付出时光和爱。

2018 年 4 月 30 日刊发于《惠州日报》

那些付出过时光的爱

——《小王子》读后感

小王子住的星球很小很小，小到一只绵羊笔直往前跑，也跑不了多远。只有两座火山，一朵玫瑰花，一个小人，挪动椅子就能欣赏日出和日落，三棵小面包树就能霸占所有的空间。但是，小王子很爱他的星球，很爱他的玫瑰花。他认为她是独一无二的，"除了我的星球，哪儿都找不到这样的花儿"。那朵玫瑰也告诉过他，"自己是宇宙间仅有的一种花"。于是他对她情有独钟,他相信在浩瀚的星河里,她就是唯一。

每朵花都会自欺欺人地宣告,自己是最特别的存在,世界上没有第二个我。说到底,这是个善意的谎言,她只是希望那个小王子可以好好爱自己,珍惜自己。她愿意为他芳香四溢,无限娇羞,也愿意为他卸掉所有的骄傲大声地说一句:"我爱你。"

忘不了小王子最后一次给那朵玫瑰浇水的时候,玫瑰说:"我以前太傻了,请你原谅我,但愿你能幸福。是的,我爱你,但由于我的过错,你一点儿也没领会。"她的确刁难过他,故意让他内疚,让他为她找屏风,让他保护她,告诉他自己的脆弱,风一吹就会感冒。这些爱情里的小伎俩,不过是希望他能够在身边,让他觉得自己很重要。但是,她爱他,希望他幸福。这样的祝福在离别的时候,比痛恨更让人感到悲伤。

"至于野兽,我根本不怕。我也有爪子。"她天真地展示她仅有的四根刺,可以让她看起来更加强大,可以保护自己。这是自我安慰还是自我暗示?没了小王子,什么都要靠自己,即使微不足道的力量,也已经是和这个世界对抗的全部。她的逞能，让她更显得脆弱。可是，爱情里的分别是无奈而决绝的。"你已经决定要走了，那就走吧。"她说出这句话的时候，内心是荒凉而无助的吧？她其实不愿意让小王子看到自己哭泣。"她曾经是多么高傲的一朵花……"可是毕竟，她还是流泪了。那个为自己付出过时光的人，就要走了，那些付出过时光的爱，是不是也要消失了呢？世界上有那么多的玫瑰，他不会再回来了吧？

是不是从此以后就当风没吹过，花没开过，你没来过，我们没有爱过？

其实小王子是懂她的吧？在后来的时光，他对着一个陌生人娓娓道来他的那朵玫瑰时，说："她香气四溢，让我的生活更加芬芳多彩，我真不该离开她的……我早该猜到，在她那可笑的伎俩后面是缱绻柔情啊。花朵是如此的天真无邪！可是，我毕竟是太年轻了，不知该如何去爱她……我的花生命是短暂的，她只有四根刺可以保护自己，抵御世界，我却将她独自留在我的星球上了！"他还是明白她的脆弱、她的无助、她的孤独的，心疼她，怜惜她，为她担心……连她口是心非的骄傲他都能明白，并且依旧喜爱。

在茫茫宇宙，她的爱终究还是被珍视的，在每个他到达过的星球上，他遥遥地望着他的星球，这已经让他觉得很幸福。他清楚地记得他离开那天她说过的话，还有她动人的模样。他是否知道，那朵他付出过时光的花，也在默默地思念自己？

可是，终有一天，他看见一座玫瑰园，有五千朵和她一模一样的花！那时候的他是失落的，"我所拥有的不过是一朵普通的玫瑰而已。一朵普通的玫瑰花……"每个人都如此，在遇见其他花以前，都会以为自己爱过的那朵是独一无二的，是千娇百态的，是胜过世界上任何一朵花的，愿意为她倾尽所有。去过的地方越来越多，遇见的花越来越多，听过的故事越来越多，最终都会发现，自己拥有的不过是一朵普通的玫瑰。

多么残忍的发现，这个发现，让小王子失落，其实更让那朵玫瑰伤心吧？她惴惴不安，为自己的普通伤感，担心他在花丛中流连，担心他忘了自己曾经这么爱他。是谁说，女人都是充满妒忌心的，恨不得全世界比自己好看的花都掉了颜色，只是，你能不能理解，一个女人的妒忌，是因为爱？因为害怕失去，所以变得越来越自私。如果你理解，也一定会更加疼惜她，安抚她所有的焦灼不安。

后来，小王子驯养过的小狐狸告诉他一个道理："正因为你为你的玫瑰花费的时光，才使你的玫瑰变得如此重要。对你驯养过的东西，你永远负有责任。你必须对你的玫瑰负责。"即使小狐狸没有告诉他，他也已经明白他爱过的那一朵，真的不一样。"她只要一朵，就胜过你们全部"，他说出一句让整个玫瑰园的花都难为情的话。的确如此，他曾给这朵花浇灌；曾把她放在玻璃罩下面，不让风吹；曾为她打死过毛毛虫，保护过她；曾听她发牢骚，听她自夸……甚至是沉默，他也觉得如此可爱。"因为，她是我的玫瑰。"再也没有一朵花，让自己这么死心塌地爱着，心甘情愿地在她身边竭尽全力让她开心。

那些付出过时光的爱，如此真实，不会随风而去。

所以他要回到他的星球，对他的花负责。小王子是幸福的，"甚至他睡着了，那朵玫瑰花的影子，仍像灯光一样照亮他的生命……"那朵玫瑰花也是幸福的，有个小王子如此牵挂自己，普通的自己在小王子心中比整个玫瑰园都重要。他来得及告诉她这一切吗？她会不会等不到他回来就已经枯萎了？对于小王子来说，那朵花的存在与否，她的喜怒哀乐，会让他的整个宇宙变得完全不一样。

所以，请你一定要等到你的小王子！

2016 年 6 月 5 日刊发于《河源晚报》

隐藏在《汉广》中的单相思

南有乔木,不可休思。汉有游女,不可求思。

汉之广矣,不可泳思。江之永矣,不可方思。

翘翘错薪,言刈其楚。之子于归,言秣其马。

汉之广矣,不可泳思。江之永矣,不可方思。

翘翘错薪,言刈其蒌。之子于归,言秣其驹。

汉之广矣,不可泳思。江之永矣,不可方思。

——《诗经·汉广》

"南有乔木,不可休思。汉有游女,不可求思。"《汉广》开头就告诉了我们结局,这是一份没有结局的感情。一位普通的樵夫在采樵之地爱上了对岸的游女,但是他心里明白,"不可求思"。情思缠绕,无以解脱,怅然若失之时,将目光投向浩渺无边的江水,发出一声声叹息。那位衣袂飘飘的姑娘,在他心中是如此美好,却犹如"南有乔木,不可休思",亦如"汉之广矣,不可泳思",更如"江之永矣,不可方思"。他们之间隔着山、隔着水……那呜咽的江水,成了他伤感的歌。

不知道那位樵夫是在怎样的情况下遇见这位"游女"的,更不知道她是怎样的一位佳人。诗中对她的描述惜字如金,唯有从樵夫的情深意重中揣测她定有着倾国倾城的容颜,"巧笑倩兮,美目盼兮",高不可攀,而他只能仰视。我们仿佛可以看见他望着她的背影痴痴地站着,像一尊雕塑,孤单而无可奈何。

在日复一日的思念中,幻想着有一天她能嫁给自己。"执子之手,与子偕老。""之子于归,言秣其马。""之子于归,言秣其驹。"他的情感朴素而真诚,如果你能嫁给我，多好！我就要去砍许许多多的荆条、蒌蒿，为你高高举起迎亲的火炬，将婚礼办得热热闹闹；我就要去把马驹喂得饱饱的，高高兴兴地驾车迎娶你。这样的一往情深只不过是他的一厢情愿罢了，脑海中不停回响的依然是"汉之广矣，不可泳思。江之永矣，不可方思"。他就这样在自导自演的梦中欢乐或者悲伤，然后清醒。

有人说："如果失恋是天崩地裂，那么暗恋就如同细水长流，慢慢吞噬你的心灵。"这样缠绵的情感，如流水一样绵长深远。不由得想起《致青春》里，张开站在阮莞的墓碑前说的那段非常感人的话：

你知道满天星的花语是什么吗？就是甘愿做配角。没有人知道我一直爱着你，我怀揣着对你的爱，就像怀揣着赃物的窃贼一样，从来不敢把自己暴露在光天化日之下……

暗恋的人容易满足，一个笑容，都可以让他温暖许久。暗恋的人也容易伤感，因为可望不可即，所以怀着孤独默默守望。

不可克制的情感只会毁灭自我，就像童话中的美人鱼，忍着泪为心上人舞蹈，每一步都如在刀尖上行走，最后化成五彩缤纷的泡泡；就像美丽的烟花，被逼迫蹿到漆黑的空中痛楚地盛放，然后消失不见。

而《汉广》中樵夫的情感是温柔敦厚的。尽管他爱得很辛苦，却很好地克制着，不委曲求全，不怨天尤人；虽然有些惆怅，但是无怨无悔。

2018年4月29日刊发于《中山日报》

何物最相思？

闲暇，手捧《诗经》在花下随意翻阅。有一诗："野有死麕，白茅包之。有女怀春，吉士诱之。林有朴樕，野有死鹿。白茅纯束，有女如玉。"突然想逗逗一位对《诗经》感兴趣的朋友，发个信息过去："古人求爱真特别，抱着一只鹿的尸体站在女孩子面前，如果是现在的女孩不吓晕才怪。"朋友懒得理我的无厘头，发来一个白眼、一个炸弹的表情。我掩嘴笑，细细读。

想想，有女美如玉，吉士思之求之，是多么浪漫美好的事。在上古时代，生产力极其低下，可食之物除了射杀的猎物就是采撷的野菜。英勇的男子射到一只鹿，用纯洁的白茅包起来，送给自己心爱的姑娘，还顺便抱来柴火，表示我喜欢你，想和你共吃一锅饭，一起过日子。这样让姑娘看见他们的未来，餐桌之上不仅仅只有蕨菜和苦荠。而婚姻不就是过日子嘛，我愿意与你一起步入人间烟火柴米油盐中，爱情如细水长流。这是那个年代普通男女最淳朴最美好的爱情。

千百年来，《诗经》里的人物一直都在我们的生命中活着，他们以一种原始的姿态诠释着对爱情的理解：热情的、奔放的、含蓄的……

"维士与女，伊其相谑，赠之以勺药。"这首诗的情景发生在清明节。古代的清明节是一个欢乐的节日，男女青年常会出游寻觅意中人。他们说说笑笑，互表情意，临别时互赠芍药。

"视尔如荍，贻我握椒"，女子送男子一把花椒作为彼此交好的定情信物。"静女其姝，贻我彤管"，女孩含羞不语，将苇管交给男子。"投我以木桃，报之以琼瑶。匪报也，永以为好也！"谦谦君子爱赠美玉，这爱情看重的是心心相印，情投意合……

古人是很喜欢送丝帕的。《红楼梦》中宝玉曾赠黛玉旧手帕，这不仅是他们在传递感情，更是他们的定情信物，是他们彼此相守的承诺和一起冲破重重阻力的勇气。丝帕，横也丝来竖也丝，思君念君不见君，一方手帕寄相思。说不尽的深情款款、情意绵绵。换了如今，该送什么好呢？现在没人用丝帕了，总不能给意中人送一箱餐巾纸吧？到底还是古人有情调。

也有人喜欢送同心结。将那丝丝缕缕的锦带编成连环回文式的同心结来赠与对方，绵绵思恋与万千情愫也都蕴含其中了。还有人送青丝，与情丝谐音，女子送男子一束头发，是表达她的情意。古人之语，身体发肤受之父母，女子剪发说明了她对于这个男人的依靠和信赖。

在民间，似乎对相思豆情有独钟。定情时，送一串许过愿的相思豆，会求得爱情顺利；婚嫁时，新娘会在手腕或颈上佩戴鲜红的相思豆所串成的手环或项链，以象征男女双方心连心白头到老；结婚后，在夫妻枕下各放六颗许过愿的相思豆，可保夫妻同心，百年好合。相传，古时有位男子出征，其妻朝夕倚于高山上的大树下祈望，因思念边塞的爱人，于树下哭泣。泪水流干后，流出来的是粒粒鲜红的血滴。血滴化为红豆，红豆生根发芽，长成大树，结满了一树红豆，人们称之为相思豆。更有诗云："红豆生南国，春来发几枝？愿君多采撷，此物最相思！"

时至今日，交通、通信都非常方便。那种望眼欲穿的思念似乎离我们很远了，就是在不同的国度，发个定位第二天就可以坐在一起吃饭。所送之物是玫瑰、钻石、项链，是房子，是车……再也没有谁会送一缕青丝、一颗红豆。物质越来越丰富，人们却好像不懂得怎么思念一个人了。怀念那个远古时代，怀念那个抱着死麋向心上人表白的青年男子，还有那种淳朴而真挚的情感。

2018 年 8 月 27 日刊发于《福建日报》

后 记

花树下——我的出生地,一个小村庄。这本集子大部分小文记录了那个村庄,那些时光。

我喜欢回忆小时候,喜欢书写小时候。

因为,我再也没有小时候了。

因为,再也没有一个时候澄澈如小时候了。

哪怕那时候被父亲拿着棍子将我从花树下追到老花树下,哪怕在泥地里被太阳晒得成了全班最黑的那个孩子,哪怕最好吃的零食只是5毛钱一个的豆沙包⋯⋯

现在也觉得十分美好。

是如此怀念，花树下的冬夏。甜甜糯糯的柚子花，是春；知了声声鸣叫，是夏；几堆燃烧的稻秆，是秋；瓦片上垂挂冰条，是冬。祖母穿着蓝色的开襟衫，坐在门墩上张望。苦楝树下，牵牛花爬满了竹篱笆。我常常踏着清冷的月光，走进那些往事，走进我的童年。那时候，我还是个孩子，活在自己的小世界里，不迁就，不妥协，不低眉……

难忘那些柴米油盐的左邻右舍，难忘老屋进进出出的大人小孩，难忘那一群整天和我挤在一张床上叽叽喳喳的小女孩，难忘那路过我家门口还不忘给我带个鸡腿的老人家……那时日子艰难，内心平和，岁月静好。无论我去到福建初溪，还是来到江西篁岭，或者其他的什么地方，看见似曾相识的场景，我都会想起我的花树下。所以，即使是游记，也有故乡的影子。

听说，当一个人怀念过去的时候，就开始变老了。这么看来，我是提前衰老了。我想表达的只是对那些单纯的时光一些单纯的怀念，就像读高中的女生怀念

5岁时的红裙子,就像成年的男子怀念藏在屋后的弹弓,就像在城市里奔波的游人怀念田野燃起的草烟……

　　我在花树下种过许多花草瓜果蔬菜,却只种过一个梦想。我的梦想,一直都和文字有关。因为很忙碌,没有太多的时间喂养我的梦想;我不够聪明,没有太多的才华圆满我的梦想……我不要流光四溢、名扬千古,只是安静地写自己喜欢的文字,能够被理解、被包容、被肯定,就是一种莫大的福分。我的文字里,大多写的是亲情,正如著名作家阎连科所说的:"亲情,在世风日下、四处无情的世界中,是唯一相对稳固的人世大情。"确实,这种人世大情,赋予了支撑我和我的梦想成长的力量。

　　我也常常投稿,执着却无畏地撒花般看见邮箱就投。我常常梦见自己遇见一个非常欣赏我文字的编辑,给予我指导,引领我前进,我们亦师亦友。有时候想想,梦也没有什么不好,毕竟那是属于自己的。更多的投稿心情,正如老舍先生提到过的:"稿子寄出去,有时候是肉包子打狗,一去不回头;连个回信也没有。……

常见的事是这个,稿子登出去,酬金就睡着了,睡得还是挺香甜。直到我也睡着了,它忽然来了,仿佛故意吓人玩。数目也惊人,它能使我觉得自己不过值一毛五一斤,比猪肉还便宜呢。"你说,大文豪老舍先生都有过这样的困惑,我一个草根写作者还有什么怨言呢?盼尽寒风萧瑟的冬,盼尽孤单冷清的夜,盼尽远近高低的梦……慢慢地,我发现自己有点像个迟暮之年的老人,对一切都看得很淡。不知道这是一种进步还是退步。

只有看见许许多多比我年轻、比我有才华的人雨后春笋般不停地冒出来,我内心才会有一点点涟漪:都说长江后浪推前浪,怎么自己还没有看到前浪的影子,就被拍死在沙滩上了?

《红楼梦》和《小王子》是我最喜欢的两部书,甚至说不上来为什么这么喜欢,就像听见一首动人的歌,常常单曲循环。当我觉得很悲伤的时候,我会读《小王子》,那些温暖与感动,那些爱与忧伤,会让我觉得安心;当我觉得很快乐,甚至有些飘飘然的时候,我就会读《红楼梦》，人间繁华，瞬息万变，很多东西就是过往云烟，希望自己能够练就"不以物喜、不以己悲"的豁达。

这是我的第一本文集，算是这几年对文字痴迷的一份总结。我知道，从艺术标准看，这些文字肯定是不够水平的。唯一能够坦然面对读者的，是这些都是我的真诚之作。

写作的意义是什么？我不知道。

我只知道，每个人都在寻找心灵的故乡，每个人都有旧时光。

我穿过花树下的旧时光，又穿过这倾城的丽日。在此，感谢那些在时光中鼓励我进步、关爱我成长的人！祝愿你我，走过的路，春暖花开！

燕芷

2018 年 12 月 28 日

精品栏目荟萃

《副刊面面观》
《心香一瓣》
《纽约客闲话精选集　一》
《多味斋》
《文艺地图之一城风月向来人》
《书评面面观》
《上海的时光容器》
《谈艺录》
《问学录》
《名人之后》
《纽约客闲话精选集　二》
《编辑丛谈》
《本命年笔谈》
《国宝华光》
《半日闲谭》
《这么近，那么远》
《群星闪耀》
《深圳，唤起城市的记忆》
《风云记忆》

个人作品精选

《踏歌行》

《家园与乡愁》

《我画文人肖像》

《茶事一年间》

《好在共一城风雨》

《从第一槌开始》

《碰上的缘分》

《抓在手里的阳光》

《阿Q正传》

《风吹书香》

《书犹如此》

《泥手赠来》

《住在凉山上》

《老解观象》

《犄角旮旯天津卫》

《歌剧幕后的故事》

《色香味居梦影录》

《走读生》

《回家》

《武艺十八般》

《一味斋书话》

《收藏是一种记忆》

《沙坪的酒》

《花树下的旧时光》

《嘉兴人与事》

《"闲话"之闲话》

《红高粱西行》

《丽宏读诗》

《流水寄情》

《我从〈大地〉走来》

《云中谁寄锦书来》

《守望知识之狮》

《不死的花朵》
《沙漠花开》
《慢下来,发现风景》
《有时悲伤,有时宁静》